LE SILENCE

DU MÊME AUTEUR

À MOTS DÉCOUVERTS : CONVERSATIONS, Grasset, 1987.

CULTURE : LES CHEMINS DE PRINTEMPS, Albin Michel, 1988.

PENDANT LA CRISE LE SPECTACLE CONTINUE, Belfond, 1989.

ADRESSE AU PRÉSIDENT DES RÉPUBLIQUES FRANÇAISES, Quai Voltaire, 1991.

PLACE DE LA RÉPUBLIQUE, Laffont, 1992.

MA LIBERTÉ, Plon, 1995.

POUR L'HONNEUR, Grasset, 1997.

JE VOUS HAIS TOUS AVEC DOUCEUR, Grasset, 2000.

LA COULEUR DES FEMMES, Grasset, 2002.

À MON FRÈRE QUI N'EST PAS MORT, Grasset, 2003.

LA VIE MÉLANCOLIQUE DES MÉDUSES, Grasset, 2005.

FRANÇOIS LÉOTARD

LE SILENCE

roman

BERNARD GRASSET
PARIS

ISBN : 978-2-246-70351-8

« Si, il faut parler, dit-il. Des fois, un homme triste peut se débarrasser de sa tristesse rien qu'en parlant. Des fois, un homme prêt à tuer peut se débarrasser de l'idée de tuer par la bouche et ne pas tuer du tout. »

John STEINBECK,
Les Raisins de la colère.

« J'ai voulu vérifier que la vie d'un homme restait un bien à partager, même si elle était exilée de partout. »

Joë BOUSQUET,
Traduit du silence.

I

L'odeur de bois brûlé. Brusquement sur la bouche de Simon. Odeur de terre, aussi, noire et glacée.

Il est allongé au fond du ravin. Il a rampé pour suivre les hommes. Il les a suivis. D'abord il ne voit rien. Le visage dans les feuilles. Il ne voit rien du tout. Une goutte d'eau seulement qui tombe devant lui. Elle glisse d'une petite plaque de neige au-dessus de sa tête. Il y a encore de la neige. C'est un enfant.

Le cœur bat. Et puis il battra de plus en plus vite jusqu'au bruit énorme. Jusqu'au bruit immense qui ébranle autour de lui les arbres, le ciel, les cailloux même.

Cette main, son odeur brûlée, il la connaît. C'est celle qui ouvre le pain. Pour lui seulement. Au milieu des Italiens. Pour lui tout seul. Le couteau entre dans la chair du pain. Le bout de la lame d'abord. Et puis il s'enfonce.

Le manche est en bois. Un bois luisant, usé. Et le pain s'ouvre. Pour lui seulement. Parfois le père regarde. Il est rarement là, et lorsqu'il est là, ce n'est jamais lui qui ouvre le pain. C'est Giorgio. Le chef. Un jeune chef. Personne ne discute ses ordres. Il y a aussi un gitan qui vit tout seul, à l'écart.

Les Italiens mangent sans rien dire. Leurs visages dans le ciel gris. Les poils noirs sur les joues, plus durs encore que les yeux. Maigres comme les arbres de l'hiver, en bas, dans la vallée. Sauf un. Il s'appelle Bado. Il est un peu triste. Il parle sans arrêt pour lui-même. Pour lui. Et pour le petit. Il est de la plaine, là où il y a le grand fleuve. C'est le plus vieux. Il a le visage rond, le nez cassé. On se moque de lui parce qu'il est gros et ne connaît pas les armes. Ni les fusils, ni les grenades. Il ne les aime pas. Il déteste la guerre. Ce qu'il aime c'est la cuisine. Tous les jours, les garçons, il faut les faire manger. Il dit : « les garçons... » Et il s'arrête. C'est le plus vieux. Son ventre déborde au-dessus de la ceinture. Il s'essouffle. Il reste au camp, pour le soir, lorsque les garçons reviennent.

Le petit, la main de Giorgio, il la connaît. Celle qui vient de lui fermer la bouche. Au point qu'il ne peut plus respirer. Jamais auparavant il n'avait connu cette brutalité. La main plaquée sur le visage pour pas qu'il crie. Qu'il se taise. Ses yeux sont devenus immenses. C'est ça la terreur. C'est dans les yeux. Tout le corps dans les yeux. Il a cette odeur de bois brûlé dans la bouche. Et son cri est entré au milieu de lui.

Son père, on lui a mis un bandeau sur le visage. Un vieux torchon. Il est contre la falaise. Il tremble. Il a gardé sa blouse grise. Il n'a pas eu le choix. Bientôt, il y aura un bruit énorme. Mais pour l'instant, il tremble. Et toute la terre avec lui.

Les Italiens se regardent. Ils attendent l'ordre de Giorgio. Mais Giorgio ne dit rien. Il regarde l'enfant, les yeux agrandis de l'enfant, il n'enlève pas sa main. Il regarde l'enfant jusqu'à ce que les Allemands s'en aillent.

Le petit n'a pas crié. Ses yeux ont pris la couleur de l'orage dans le ciel. Des yeux gris. Il n'a pas pu crier.

En même temps que le bruit, exactement en même temps, le corps du père a glissé comme si, à l'intérieur, il y avait une armature qui se serait brusquement disloquée. Il a glissé. Plus rien ne retenait ce corps pour qu'il reste debout. C'était le bruit qui l'avait fait tomber. Et ce bandeau qui cachait ses yeux.

Les oiseaux aussi tombent de cette manière. D'un seul coup, en plein vol.

Le petit a mordu la main de Giorgio. Jusqu'au sang. Mais Giorgio a tenu bon. Les soldats n'ont pas entendu le froissement des feuilles autour d'eux. Ils ont écouté les ordres simplement. Un officier est près du père. Près de son corps allongé. Il est debout. Les bottes tout près du visage, juste à côté du père qui tressaille encore. A côté de son corps. Les bottes bien propres, cirées. Il a la main tendue vers le visage contre la terre. Au bout de la main, le pistolet. Un dernier coup de feu. La face du père qui s'agite une dernière fois comme après une gifle. Ce trou qui apparaît dans la tempe. Les soldats qui reposent leurs fusils. Qui attendent. Et puis des mots encore. Des ordres. Ils s'en vont. « C'est ça les Allemands », disait Giorgio.

Paris, le 10 janvier 1990
A monsieur Simon Leibowitz

Monsieur,

Cela fait longtemps que je souhaite vous écrire. Je ne sais pas très bien pourquoi. Mais je commence malgré tout. Même si c'est inutile. J'ai mis des années à comprendre que ce qui était inutile était précieux. Sourire devant la lune, jouer d'une trompette sous un orage, rêver d'un autre monde, courir à toute allure dans un musée, chantonner au moment même de mourir... Vous connaissez tout cela naturellement... Je ne vous fais pas la leçon... J'ai trop aimé vous lire et j'ai bien compris que vous ne faisiez la leçon à personne. Il y aurait trop de travail. Il faudrait sans cesse recommencer, se lever de plus en plus tôt... On n'en finirait jamais...

Je m'appelle Livia. Si vous étiez policier ou juge, je raconterais ces « deux ou trois choses que je sais d'elle » (c'est le titre d'un film que j'ai adoré), elle, cette Livia qui vous écrit sans savoir exactement pourquoi.

Je suis orpheline, j'habite Rome, je parle italien couramment. Etudiante en histoire, je m'apprête à préparer ma thèse l'an prochain. J'aime rire, j'aime le vin. Voilà.

Je vous ai lu. C'est cela qui est important. J'ai maintenant vingt-cinq ans. Ai-je bien résumé ce qu'était ma vie ? Ah, j'ai oublié : je suis française !

Mais la vôtre, de vie ? Je sais, d'après la presse, que l'on vous appelle Simon, que vous avez fait de la prison. Pourquoi ne voulez-vous pas en parler ? J'ai écrit « parler ». Et je me reprends. Pardonnez-moi. Je sais que vous ne parlez plus. Mais vous écrivez. Ça je le sais. J'ai lu votre livre. Est-il seulement possible d'écrire et de ne plus parler ?

Votre livre, j'en ai d'abord aimé le titre : Fuite et fin. *Le personnage que vous sembliez être, à travers la presse, me paraissait lointain, dédaigneux et pour tout dire un peu arrogant. J'ai acheté le livre et je ne l'ai pas ouvert pendant des semaines. Comme les paroles au fond de nous, il y a parfois des phrases qui restent repliées à l'intérieur du corps. On attend qu'elles se déplient. C'est ça un livre.*

Vous n'êtes pas ce que l'on appelle un tueur comme les autres, comme il y en a tant. J'ai suivi votre procès voici quelques années. Vous avez refusé un avocat ? Vous aviez le droit. Vous n'avez pas ouvert la bouche ? Peut-être avez-vous eu raison. Personne n'a compris ce qui s'était passé entre la vérité et vous, entre la mort et vous. Etait-ce de la haine ? Ce n'est pas si facile, la haine. Comment l'exprimer, la décrire ? Comment dire sur quoi ou sur qui elle se porte ? Parfois sur rien. Il faut la soigner, l'entretenir, y penser sans cesse.

L'amour vous l'avez gardé pour vous, à l'intérieur de votre silence. Je suis sûre qu'il existe, là, caché, tremblant... Un amour de peuplier pour la lumière. Peut-être un amour de gosse.

Chaque jour j'ai lu le compte-rendu de votre procès. J'avais vingt ans à l'époque. J'ai essayé de comprendre ce meurtre. Et j'ai commencé mon enquête. Sachez que j'ai besoin de la poursuivre avec vous.

Pour savoir pourquoi l'on tue, pourquoi l'on voudrait qu'un autre homme, une femme, un enfant s'efface devant vous, s'affaisse avec de la souffrance et de la peur... Et je vous écris du bord de l'eau. Vous verrez bien – un jour – que c'est important d'être là. Prêts à partir. Vous et moi nous ne sommes que des rivages. Comme tous les humains le sont. Vous l'étiez même lorsque vous étiez en prison... L'important c'est ce qui vient vers nous.

J'aime la mer. Elle ne dit rien. Je parle à sa place. Et ce que je dis vient d'elle. J'ai été une petite fille et puis j'ai grandi. Je regrette un peu d'avoir grandi. Mais c'est comme ça. Le temps qui passe, la mer qui va et revient... Il n'y a que nous qui changeons.

Si vous ne répondiez pas, je continuerais à vous écrire. Ce ne serait pas grave. La mer serait toujours aussi belle.

Et le silence lui-même serait une réponse. J'y mettrais, comme dans une boîte, des morceaux de ma vie.

Au revoir, Monsieur.

Livia

Le père ne cesse de refuser. Pour lui, pour son fils Simon, pour sa vieille sœur. Il ne veut pas de ce bout de tissu sur la poitrine. Il sait que le maire veut appliquer les ordres qui viennent du Nord. Mais cette étoile ça n'a pas de sens ici. Leibowitz, chez les paysans, c'est un nom un peu compliqué. Mais il s'en moque. Son grand-père déjà... On lui a raconté les moqueries, les insultes parfois. C'était il y a longtemps. Il a la mémoire de cette pauvreté dans la famille, il a la mémoire des mots, des ricanements. Il est né un peu plus bas, dans la vallée, comme sa sœur Misha. A l'école, il se souvient, il est là comme les autres. Il n'y a pas de différence. Il n'imagine pas son fils, dans la montagne, avec cette étoile qui se promènerait au milieu des arbres, des rochers. Et lui l'épicier avec sa tache jaune sur la blouse. Ça voudrait dire quoi ? Mais le garagiste insiste. Tous les jours. C'est lui le maire. Il dit : « Tu comprends, je vais être obligé. Je n'y peux rien... »

Dans le ciel, les étoiles n'ont jamais eu cette couleur.

Palerme, le 5 février 1990

Monsieur,

C'est un matin aujourd'hui. Je veux dire : il n'y aura que le matin. Toute la journée je regretterai ce moment, cette jeunesse du jour qui éveille le monde où je suis. Après ce sera autre chose. Le temps sera différent, plus banal. Les gens aussi. Tout est rare ce matin. Et vous l'êtes encore davantage en ces heures-ci. Vous qui avez choisi de ne pas me répondre, de ne jamais répondre à quiconque.

Ce que j'ai vu, lors de votre procès, à la télévision d'abord, puis dans la presse, c'est l'image d'un homme comme je n'en avais jamais vu. Vous aviez les cheveux très courts, les épaules larges, une espèce de timidité dans les mains. Désemparé ? Est-ce le bon mot ? Je l'ignore. Un corps lourd dans un monde liquide, c'était un peu ça l'image que vous donniez. Le procès avait lieu en Allemagne et moi je me contentais des comptes-rendus de la presse et de la télévision françaises. Ils n'ont pas beaucoup parlé du meurtre lui-même. Ils évoquaient surtout votre vie entièrement silencieuse. Plus de quarante années de silence ! Franchement ce n'est pas rien... On a parlé d'autisme, mais moi je suis sûre que ce n'est pas cela. Votre livre en témoigne. Pourquoi écrire et ne pas parler ?

Je vais vous dire quelque chose : j'ai la preuve, moi, que vous pouvez parler. Nous ne sommes pas nombreux dans ce cas-là. Très exactement : deux. Et je suis tout à fait disposée à vous dire comment je l'ai appris et par qui.

Je sais que vous pouvez parler ! Et je me demande si ce n'est pas un mensonge, votre attitude, un camouflage ?

En ce moment, je regarde le départ d'un bateau. C'est un voilier anglais qui lève l'ancre. Je pourrais dire un cavalier anglais, ce serait la même chose, les chevaux, les bateaux, s'élancent vers l'inconnu. Ils traversent toutes sortes d'espaces différents, ils vivent avec le vent. Depuis la terrasse où je me trouve, on entend le bruit lourd que fait la chaîne lorsqu'on la hisse sur le pont. Des voix passent sur l'eau, glissent, me parviennent par bouffées, par souffles sans qu'elles aient entre elles de véritables liens. Ce sont des voix humaines, comme la vôtre si jamais... Ce sont des ordres, des conseils comme la mer en a toujours connus lorsqu'il s'agit d'appareiller. Les silhouettes des marins, leurs bras tendus vers la terre ou l'horizon, la chevelure blanche de l'un d'entre eux, la très belle indifférence de la mer, sa résignation, le bateau encore immobile et derrière lui au loin, les collines de brume grise et bleue qui forment le fond du golfe, ce paysage de paroles et de sel, de couleurs pâles et de vent, le matin qui accueille la chaleur, tout cela me touche et je souhaitais vous l'offrir. Vous l'offrir pour que vous puissiez oublier votre meurtre. Le laisser loin de vous comme un manteau que l'on s'étonne de retrouver au cœur de l'été. On ne veut plus connaître le froid. Et on le jette. Peut-être l'ai-je inventé, ce paysage que je vous décris ? Peut-être tout cela est-il imaginé par moi seule. Mais qu'importe. Dans votre cellule, lorsque vous étiez prisonnier, avez-vous pensé à la mer ?

Ne me répondez pas tout de suite. Nous avons le temps. J'aimerais vous transmettre mon désir de vivre. Je voudrais simplement que ce soit aussi le vôtre.

A bientôt, cher Monsieur.

Livia

L'été a laissé des traces brunes autour du village. Ici, chaque mouvement du jour a une couleur différente. Le frôlement des oiseaux, les paysans sur les chemins, la profondeur du ciel, la brume.

Le matin s'élève dans la montagne avec les troupeaux, les chiens. David, le père, ouvre la porte du magasin protégée par un grand panneau. Le petit l'appelle Didi, son père. En été il est souvent assis sur le seuil pendant que le père travaille. Il joue avec le rideau aux petites billes de bois, il regarde vers le ciel. Les nuages vont vite, s'accrochent parfois aux rochers mais cela ne dure pas. Le dernier est toujours là-haut comme un enfant qui s'attarde et que l'on a oublié. Vers neuf heures, il a disparu. On ne sait pas où... Du côté de l'Italie sans doute. Le vent monte de la plaine et le chien Sacha commence à courir un peu partout.

Le silence

Depuis le début de la guerre, les fermes se sont repliées sur le silence. Les jeunes sont partis. Prisonniers en Allemagne ou cachés. Personne ne dit rien.

Il a neuf ans, le garçon. Il ne va plus à l'école depuis trois ans. Tous les jours il est dans le bois perdu, là-haut. La tante Misha lui dit : « C'est la guerre. » Il aime ce temps qui passe avec son odeur de foin. Il va aider le soir à rentrer les vaches. Il aime leurs clarines au moment où la lumière, les mouches, les oiseaux, quelques cris au loin s'animent une dernière fois. Et puis la paix, la majesté. Il aime bien ce mot de majesté qui vient se glisser dans les livres du père, sur les lèvres de son Didi. Uniquement dans les mots du soir et de la nuit. Sa Majesté.

Palerme, le 1er mars 1990

Pas de réponse : bonne nouvelle ! Les lettres ne sont jamais perdues. Non ouvertes, froissées ou déchirées, elles n'ont qu'un seul mérite, et il est grand : elles ont été écrites. Elles ont vécu leur vie fragile d'oiseau, d'insecte ou d'enfance, elles ont connu ces petits moments gaspillés qui s'appellent la peur, le désir, le rire ou la tristesse. Un jour ou l'autre elles sont livrées au vent ou à la pluie.

Je vous ai vu, à la télévision, lors de votre procès. C'était au moment où l'on a évoqué pour la première fois votre nom. Le nom de votre père qui s'appelait David. J'ai compris ce jour-là, devant les images de ce tribunal allemand, que vous veniez d'un monde où on lisait encore ces inscriptions étranges dans les trains. En italien, en anglais, en français. Les langues d'une Europe minuscule. C'est vrai qu'il est dangereux de se pencher au-dehors. Aujourd'hui je n'en dirai pas plus.

Vous étiez debout et par hasard, vous vous êtes tourné vers la caméra. Je me souviendrai toujours de votre regard. Je vous assure, ce n'étaient pas les gens, les juges, les avocats, le procureur, c'était le vide autour de vous qui était dangereux. Le vide en vous aussi, cela se voyait.

A votre époque, on considérait encore l'italien avec reconnaissance. Je pense souvent à cette considération pour une langue. Une sorte de gratitude. Une politesse. Comme on enlève son chapeau. E pericoloso sporgersi. *C'étaient des langues qui traversaient en diagonale de très vieux pays.* Do not lean out of the window. *On partait d'une carte, en haut à gauche, c'était la Grande-Bretagne et on finissait en bas, à droite, du côté de la Sicile. Diagonale des mots qui d'habitude se couchent comme des rails et font des lignes, se suivent et se ressemblent, se courbent et se détachent les uns des autres sans jamais dire la même chose, sans aller au même endroit. Depuis plusieurs années, j'apprends l'italien. Et maintenant ça va. C'est comme le solfège. On est heureux après, quand on comprend...*

Je vous avais dit que je continuerais à vous écrire. Je vous ai lu. J'ai souligné, pour moi toute seule, quelques phrases qui m'ont émue.

Le silence

« Femmes, filles... C'est la lettre F qui commence l'alphabet. La lettre qui rend fou. Lettre-femme placée au début de la vie, là où la fin s'annonce. »

Et aussi :

« Les graines de l'arbre, petits noyaux de bois qui prennent racine sur mon corps défait, le plus vieux corps du monde. Et le bruit du vent sur la terre, au ras du sol où l'herbe ne tient plus que par sa patience.

Temps de nomades et de chiens. »

De quel droit pourriez-vous penser qu'il ne sert à rien de me lire ? J'ai bien fait l'effort, moi, de m'approcher de vous, d'aller vers votre vie, votre silence... Oh, pardonnez-moi. Je m'étais promis de ne pas être capricieuse avec vous. De ne rien exiger, de ne rien souhaiter même. Et voilà que je me mets à taper du pied comme une petite fille en colère. Je m'excuse, Monsieur. Je ne le ferai plus.

Connaissez-vous Palerme ? La guerre a détruit beaucoup de choses à Palerme. Mais pas les gens eux-mêmes. Pas les chansons, ni les cris. Pas la langue !

A bientôt, Monsieur.

Livia

La tante Misha habite un peu plus loin, à côté de l'église. C'est une femme simple, secrète. Une femme en noir. Son mari est mort pendant l'autre guerre. C'était tout à fait au début. Elle raconte au petit sans cesse la même histoire. Parfois, elle dit « les Prussiens ». Elle dit aussi « la Grande Guerre ». Mais il comprend que c'est toujours la même chose. Il y a, très loin, un pays qui s'appelle l'Allemagne. Un pays qui s'ébranle parfois sans que l'on sache pourquoi. Des gens inquiets dans des plaines noires. Des gens qui s'éloignent de leurs terres. Des gens qui marchent longtemps, sans arrêt, pour franchir des frontières.

Simon écoute. Il y a toujours des fleuves dans les histoires de la tante. Des rivières, des ruisseaux. Pour elle c'est là que les hommes se tuent. Au bord des fleuves. La Somme, l'Ourcq, la Beuvronne, l'Aisne, la Marne, l'Yser, la Meuse, la tristesse et la boue. Il n'a jamais vu de fleuve. Un torrent seulement. Mais ça doit être lent et gris, les fleuves. Il ne veut pas connaître ces endroits qui mènent les soldats vers la mort. Il se demande pourquoi il y a des fleuves qui ont des noms de guerre.

Palerme, le 18 mars 1990

Monsieur,

Je ne vous ai pas beaucoup parlé de Palerme dans ma dernière lettre. C'est une ville que vous auriez pu aimer. Violente et douce à la fois, un peu cassée, ville qui tourne le plus souvent le dos à la mer et parfois semble y tomber. La cathédrale est une grande folie païenne. Tout est païen à Palerme : les saints de plâtre et les vieilles femmes, les cadavres accrochés dans la crypte des Capucins, momies égyptiennes, la mafia, les magasins de pâtes, les cargos rouillés... Tout le monde parle et l'on entend tout au long des rues cette rumeur.

Il y a la momie de Rosa Lombardo dans la crypte. J'y suis allée. C'est une petite fille qui dort, avec un ruban dans les cheveux. Elle est très belle. Très confiante. Son cercueil est comme une poussette d'enfant... Maintenant les moines ne suspendent plus personne au mur. C'est drôle cette espèce de désinvolture vis-à-vis de la mort... On finit par ricaner devant les corps. Les morts... et puis tous ceux qui les regardent... Vous savez, c'est aussi une ville sensuelle. Alors on se demande s'il n'y a pas une sensualité de la mort, ici...

Bon, je devine que vous ne répondrez pas. Je m'y fais.

On n'écrit pas pour avoir des réponses. Peut-être n'est-il pas nécessaire d'être lu. Peut-être est-il simplement important pour moi de vous parler sur une feuille, comme une bohémienne parle de la vie d'un passant en suivant les lignes de sa main. Tenez ! Par exemple les lignes de nos vies. J'ai lu que vous étiez né en 1934. Cela fait plus de cinquante ans que vous respirez, que votre cœur bat mais aussi que les mots s'accumulent en vous et se dessèchent.

On m'a dit que mes parents étaient morts aussitôt après ma naissance. Mais de quoi ? Qu'est-ce qui s'est passé exactement ? Sont-ils morts en même temps ? Y a-t-il eu un accident ? Pourquoi ne puis-je pas le savoir ? A vrai dire, j'ai cessé de chercher. Les sœurs de l'orphelinat m'avaient appelée Maria. C'était mon premier prénom. Et elles m'ont donné – tenez-vous bien – comme nom de famille le nom de la commune d'à côté ! Le Perreux ! Elles en savaient probablement plus que moi sur ce sujet qui s'appelle ma vie... Vous voyez que nos destins ne sont pas très éloignés... Mais je ne veux pas parler de moi. Je me trouve aujourd'hui dans une famille sicilienne qui ne pose aucune question. C'est agréable. Je rédige un article sur Frédéric II pour une revue italienne. Que va-t-il rester de tout cela ? Rien. L'Histoire se fait à peu près sans nous. Je suis historienne. Enfin, étudiante en histoire, experte en décès de toute nature : décapitations, empalements, fusillades, famines, exterminations diverses...

En écrivant « Monsieur », je vous dis « Mon Seigneur ». Voyez-vous, les mots que je redoute sont ceux-là : les plus anciens. Je les crains car ils vivent sourdement et je ne m'en approche qu'avec prudence. Ils sont plus vivants que les humains. Ils durent plus longtemps, ils ne vieillissent pas de la même manière. Toute cette palpitation en eux, à peine sensible. Tenez, lorsque vous écrivez sans jamais pouvoir parler, vous alignez des signes qui s'accrochent les uns aux autres (consonnes, voyelles, ponctuation, etc.). En s'en-

chaînant ainsi ils donnent une direction, nous invitent à les suivre. C'est pourquoi je vous ai parlé de cette phrase à la fois simple et énigmatique : « il est dangereux de se pencher au-dehors ». Parce que j'ai envie de vous dire : mais penchez-vous donc ! Passez la tête à la fenêtre ! Faites ce qui est interdit !

Je ne dois pas être la seule à me poser cette question : pourquoi puis-je vous lire sans pouvoir vous écouter ? Je répète : pourquoi pouvez-vous écrire sans vouloir parler ? J'ai l'impression que ce n'est pas la langue « en général » que vous refusez. Non. C'est la langue des autres qui vous gêne... N'est-ce pas la vie des autres aussi ? Peut-on dissocier la langue d'un être humain de son existence même ? C'est cette crainte qui m'habite. Répondez-moi sur ce sujet, je vous en prie...

Ecrire à un écrivain c'est un peu comme le désir qu'avaient nos anciens lorsqu'ils consultaient des sorciers. Ecrire à un écrivain, regarder le visage d'un aveugle, écouter une musique très lointaine, s'enfoncer dans la mer, c'est la même chose : s'approcher d'un autre monde. Un monde un peu plus vaste que le nôtre. Mais écrire à un écrivain muet, c'est s'arrêter à la lisière d'une forêt. Vous savez, j'ai un lien étrange avec l'in-

connu, probablement lié à ma naissance. Mais aussi peut-être à l'inconnu des foules immenses que je redoute, à la voix inconnue que vous avez emmurée. (Je parle de votre mutisme, la fameuse « aphonie anxiogène » dont la presse, les médecins ont retenu la persistance et la densité... Je parle de votre silence qui devient comme une légende, mais dont je sais, moi, qu'il n'est issu que d'une volonté farouche.)

Je vous ai dit en quelques mots qui j'étais. Mais peut-on résumer l'existence d'un être humain à quelques mots ? Jeune, vieux, intelligent, stupide, et puis tous ces termes qui nous mettent dans des tiroirs : le courage, la force, la pudeur, le travail, l'insolence, la dérision, la peur de vivre ou de mourir... le désir peut-être... Je n'aime pas les tiroirs. Ce sont toujours des petites prisons.

Je me permets de vous dire ceci : ce qui me touche et me blesse, c'est votre absence. Que vous soyez libre ou en prison, vous semblez habiter un autre monde. Vous faire aimer celui dans lequel nous sommes est peut-être une entreprise au-dessus de mes forces. Certains diront que c'est de la charité, de l'altruisme, ce mouvement du cœur qui pousse à aimer l'autre plus que l'on ne s'aime soi-même. Je ne sais pas comment il faut appeler ça. De la curiosité ? De l'arrogance ? Ecoutez ce que vous demande cette femme que vous n'avez jamais rencontrée. Ecoutez-moi. Vivez ! Penchez-vous au-dehors du silence ! Aimez n'importe quoi, n'importe qui ! Je ne sais pas si vous me lisez ou si je fais partie simplement de ce tas de feuilles mortes qui s'accumulent sur les côtés de votre vie.

A bientôt, Monsieur.

Livia

Dans le magasin, on empile tout. Il n'y a pas beaucoup de place et la tante se plaint toujours. Chaque matin elle dit : « C'est un capharnaüm ici. » Une fois même, elle a dit : « C'est une pétaudière. » Pour le petit c'est la réglisse le plus important. Il n'y a pas, dans la montagne, quelque chose d'aussi bon que la réglisse. Ces petits morceaux noirs placés dans un bocal qu'il ne peut pas attraper. Avec des vieux bonbons aussi.

Quand les Italiens viennent, le meilleur c'est pour eux. Ils sont dans les bois, là-haut, près de la grande combe où, avant la guerre, il y avait encore des charbonniers. Maintenant leurs équipes restent deux ou trois mois d'affilée, chaque année, pour couper le bois. On dit qu'il y a un gitan avec eux. Lorsque le vent descend de la montagne on entend parfois des cris, le soir. Des chansons du Piémont.

Le silence

Le village c'est plutôt un hameau. Quelques vieilles femmes devant l'église et puis des paysans. Il n'y a plus de curé depuis longtemps.

Lorsque les Allemands sont arrivés, rien n'a bougé. Ils sont entrés dans le village, se sont arrêtés sur la place. Juste deux motos et une voiture. Ils ont questionné le garagiste. Avec des gestes, il a semblé répondre. C'est ce que les vieilles ont vu à travers les rideaux. C'est ce qu'elles ont dit après. L'officier et les soldats ont bu au lavoir et sont repartis. Longtemps après, Sacha a continué à aboyer.

Depuis il ne se passe rien. Seulement les charrettes qui rejoignent les fermes. Le courrier qui vient avec la camionnette du boulanger, les moutons au début de l'automne. C'est tout.

Rome, le 4 avril 1990

Monsieur,

Si je comprends bien vous n'avez pas prononcé un mot depuis le mois de mars 1944 ! Un mutisme aussi long qu'une vie ! J'ai lu dans la presse que lors de votre procès, un professeur est venu témoigner à la barre. Il a expliqué qu'il y avait des exemples de ce genre dans différents pays : des muets qui pensent, écrivent, agissent, rêvent, travaillent, etc. mais qui ne parlent plus. Ce n'est pas à proprement parler de l'autisme, a-t-il dit. Il a appelé ça de l'aphasie. Ce sont des cas peu nombreux, généralement provoqués par un choc, et qui sont assez souvent suivis d'une guérison totale ou partielle. Des experts, convoqués par le tribunal, ont confirmé, chez plusieurs adolescents, l'existence de traumatismes de cette nature se traduisant, après une thérapie assez longue, par un bégaiement plus ou moins prononcé. Plusieurs thèses ont été consacrées, aux Etats-Unis, à ce phénomène.

Mais chez vous rien de tel. Assister à une longue instruction, puis à un procès sans dire un mot, n'est sans doute pas banal. Résister à toute irruption de la parole pendant tant d'années, c'est sur quoi j'aimerais vous interroger. Je vais vous dire les choses franchement : je pense que c'est une posture. Une sorte d'élégance que vous vous imposez. C'est tellement facile de laisser croire que le monde n'est peuplé que de bavards inutiles... C'est tellement commode de présenter son propre silence comme une sorte de courage ! Je vous demande simplement ceci : êtes-vous vraiment certain de ne pas jouer un rôle, celui de votre orgueil personnel, de votre égoïsme dans cette attitude que vous avez choisie ?

Vous n'avez jamais écrit sur vos parents. Qui étaient-ils ? J'ai appris que votre père est mort en 1944. Il était encore jeune, n'est-ce pas ? Est-ce à ce moment-là que vous avez cessé de parler ? Quelle a été votre vie ensuite ? Vos études ? Votre désir d'écriture ?

Autant de questions que je me pose. Je n'ai jamais connu mes parents. Ce vide, cette disparition de toute trace a donné à ma présence au monde une sorte de légèreté, d'irréalité qui s'accroît au fil du temps. C'est sans doute pour cela que mon bonheur d'aujourd'hui est aussi vif, insaisissable. Il repose sur du vide.

Maintenant j'habite Rome. Ici je comprends ce qu'est le passé lorsqu'il vous envahit. Sa couleur, son odeur, le cœur qui se serre parfois devant la façon dont la beauté et la mort s'approchent l'une de l'autre, dansent ensemble. Je vous l'avoue : c'est dangereux, la vie. E pericoloso ! *Mais à quoi ça sert de ne pas vivre ?*

A bientôt, Monsieur.

Livia

L'hiver est venu rapidement. Il est tombé sur le village d'un seul coup, un soir. Un hiver de pierre et de glace. Un coup de hache.

On ne sait pas comment les Italiens se débrouillent mais ils sont restés là-haut, au-dessus du bois perdu. Un berger a parlé de huttes et il y a ces trous, des petites grottes qui creusent la montagne. Des abris lorsque la tempête de neige remplit le ciel, tourmente la nuit des hommes et des bêtes.

Dans le village les maisons se sont refermées sous le givre. Les bêlements plaintifs, étouffés, des moutons dans les granges. Le vent surtout. Et puis rien. Des journées noires et grises. Deux hommes seulement semblent veiller sur les fermes. Le garagiste avec ses bidons, la pompe à essence qui fait un bruit de crécelle quand le levier est mal réglé. Et puis David, l'épicier sans étoile.

Le silence

D'habitude, les Italiens retournent chez eux dès que l'automne et le froid s'installent dans la montagne. A chaque fois, le jour de leur départ ils viennent boire chez l'épicier. Ils chantent. Parfois ils se battent. Sacha, le chien, n'aime pas ça et il s'en va gémir sous le comptoir. Les Italiens boivent. On entend, « *Bella ciao, oh bella ciao...* »

Cette année-là, ils sont restés. Les paysans disent que c'est à cause des Allemands.

Et puis peut-être des loups.

Rome, le 12 mai 1990

Monsieur,

Vous voyez bien au fil de mes lettres : je suis une jeune femme qui vous a lu, qui ne comprend pas votre silence et puis qui veut savoir ce qui vous a poussé à tuer.

« Aucun refuge. Ni le visage des autres, ni la guerre que l'on se fait à soi-même. Non plus les tombeaux de pierre, les honneurs, les tambours. » Vous écrivez cela comme si vous fermiez une porte !

J'espère que votre éditeur vous transmet mes lettres. C'est un devoir, non ? Je ne veux pas connaître votre adresse, je n'ai pas l'intention de vous rencontrer. Je vous ai lu, c'est tout. Après avoir longtemps attendu. Et ce qui s'est passé lorsque j'ai refermé votre livre, eh bien, c'était – comment dire ? – comme une réfraction de la lumière, pardonnez-moi la comparaison, elle n'est pas exacte, mais elle correspond à peu près au changement que j'ai ressenti en moi : je n'étais plus tout à fait la même. Oh, rassurez-vous, cela n'a pas duré très longtemps. Ensuite, tout s'est remis en place. Mais pendant un moment, un grand moment, je fus différente. Comme déplacée dans l'espace et le temps.

Vous saviez que les mots pouvaient déplacer quelqu'un ? Le pousser à partir, le faire entrer en lui-même, le coller au fond d'un lit ? Je connais des gens qui ont tout abandonné après avoir lu un livre. Ils le ferment, s'arrêtent un instant. Ils réfléchissent et hop, ils s'en vont ! Un livre, c'est beau lorsque c'est dangereux...

Je ne suis pas médecin, cher Monsieur. Ni policier, ni juge. Mais j'aimerais vous faire parler, ce qu'apparemment ils n'arrivent pas à obtenir. Je crois qu'ils s'y prennent mal et que seule une femme pourrait y parvenir.

J'aimerais que l'on revienne à cette époque très ancienne où il y avait, entre le monde et les humains, de la parole. Des contes, des mythes, des histoires à dormir debout. Les dieux parlaient, les hommes parlaient, les arbres et les rochers parlaient... Et toutes ces voix se croisaient, s'interpellaient, se répondaient, c'était comme une musique.

J'aimerais simplement aujourd'hui que vous veniez dans cette vibration des mots, invité par moi, et que vous sachiez que c'est le contraire de la mort. Parce que je me demande si ce n'est pas la musique qui vous a manqué. Je me demande si la mort que l'on donne n'est pas liée à cette absence de musique en nous.

De nouveau je cite votre livre : « Vivre au fond de soi, comme un ermite. Et la grotte est si profonde qu'il faudrait tendre la main vers le noir pour ne pas se heurter à la nuit. »

C'est pas vraiment drôle ce que vous racontez. Mais moi je suis sûre que je pourrais vous faire rire. Et peut-être parler...

Je pense à vous, Monsieur.

Livia

Le petit s'appelle Simon. Mais il est tellement beau que les gens le surnomment Minouche. Comme une fille. D'ailleurs il a des yeux de fille, des boucles. Mais tous les soirs ses genoux sont écorchés, ses vêtements couverts de terre. Tous les soirs la tante le met dans le grand baquet en bois qui sert pour le linge. Elle coupe un petit morceau de réglisse et elle plonge le garçon dans l'eau. Il rit. Elle connaît son corps de petit mâle de la montagne. En lavant son sexe, si petit, elle pense au jeune homme qui est tombé dans la plaine de Brie, son homme à elle, juste après leur mariage. « Simon, c'est mon petit roi », dit-elle, lorsqu'elle parle à son frère l'épicier. Et à l'oreille du frère : « C'est Minouche, le Roi d'Israël. » Et ils sourient tous les deux, David et Misha, lorsque la boutique est fermée et que l'on va chercher les livres, cachés derrière les harnais de cuir. Alors le chien Sacha est heureux. Il se couche aux pieds du petit. Il ne connaît rien à ces paroles humaines. Mais les odeurs, il connaît. Et il grogne à chaque fois que le garagiste veut le caresser. Le père dit : « C'est peut-être l'essence qu'il ne peut pas supporter. » Il sourit. Et à voix basse : « Tu as raison, Sacha, il pue. »

Madame,

Vous savez, je n'ai jamais aimé répondre à des questions. Ce n'est pas de l'orgueil, non, sachez-le. Je n'ai pas d'orgueil. Il y a simplement une confusion en moi. Depuis toujours. En tout cas depuis cet âge-là dont vous parlez. Cela me semble si loin.

Vous évoquez ce que la presse dit de moi. Je n'ai répondu qu'une seule fois, par écrit, aux questions qui m'étaient posées. Et même de cette façon (je ne peux pas réagir autrement...), je regrette de l'avoir fait. Depuis longtemps, je ne crois plus aux réponses.

Excusez-moi. Je sais que vous pourrez pardonner ce qu'il y a d'étrange – et peut-être d'incohérent – dans ma façon de vivre.

Simon

N.B. : Sur quoi pouvez-vous établir cette certitude que vous évoquez dans votre lettre ? Quelle est la preuve que vous affirmez détenir sur ma capacité à parler ?

Il parle une drôle de langue, Simon. Une langue mélangée qui est celle des montagnards. En famille il parle français. Il s'applique. Et le soir, le père corrige, explique, invente des dictées avec des mots aussi compliqués que *république* ou *laïcité*. Il répète qu'il n'y a pas de « e » à la fin du mot liberté.

Mais dès qu'il s'échappe, Simon parle avec les paysans, les bergers. Et alors ce n'est pas la même langue. C'est de l'« alpin », lui a dit un jour sa tante. Il entend ce mot comme s'il s'agissait d'une graine. Elle pousse et elle est poussée par le vent. On ne sait pas ce qu'elle va devenir. Il a entendu le père raconter l'histoire : lorsque le Dauphiné est entré dans le royaume de France, les rois d'alors eurent en charge les régions d'Oulx, de Pignerol, de Salluces. Il aime bien le mot Pignerol qui fait penser à la pigne du pin, à Guignol. Et de l'autre côté c'était la maison de Savoie qui administrait la vallée de Barcelonnette. Ici, dans son village, c'est un patois occitan qui permet aux uns et aux autres de se comprendre. C'est la langue des contrebandiers, des bûcherons, des charbonniers. C'est la langue dont on se sert pour aller d'une vallée à l'autre. Comme, au printemps, le vent qui vient du soleil couchant.

Un jour le père lui a parlé de la tour de Babel mais Simon n'a pas compris. Il sait que les plantes, les insectes, le pollen, le vent, la neige parlent la même langue. Et alors c'est à lui, à lui seul que le monde s'adresse. A ce moment-là, il n'y a pas d'ordre, pas d'interdiction, pas de mensonges. Seulement des mots imprononçables qui glissent et s'échappent pour ne pas être capturés.

Rome, le 29 mai

Monsieur,

Votre lettre, je l'attendais. Je savais que vous m'écririez cela. Vous fermez une fenêtre mais ce n'est pas grave. Vous savez bien que dehors il fait grand jour.

Je n'ai pas trop envie, aujourd'hui, de vous parler de moi, de ce qui m'entoure, de ce que j'aime. Mais je le ferai un jour pour vous amener à le faire pour vous-même. Il n'y a pas, dans ma vie, d'événements qui méritent qu'on les mentionne. Mais dans quelle vie y en a-t-il ? La succession des pensées, des amours, des lassitudes... ça suffit parfois à faire une vie. Et qui en parle ? Il n'y a pas que vous qui êtes volontairement *silencieux.*

Voilà pourquoi j'écris volontairement *en réponse à votre lettre. Je vais donner la preuve de ce que j'avance. C'est un photographe de mes amis, un Italien qui lors de votre procès vous a entendu ! Il ne l'a raconté qu'à moi car il sait que je cherche à vous connaître. C'est un homme discret, voire secret. Il a toujours préféré les images aux paroles.*

A votre entrée dans le tribunal de Stuttgart, au milieu de la bousculade, il vous a touché au visage avec son appareil. C'était une cohue de journalistes, de policiers, de curieux. Vous l'avez regardé avec fureur (c'est lui qui me l'a dit...) et vous avez grogné « foutez-moi la paix ». Je crois qu'il a été le seul à vous entendre. Le seul en quarante ans !

Cher Monsieur, je continuerai à vous écrire. Pardonnez-moi d'être heureuse et de vous le dire. Ce n'est peut-être pas très poli ce que je fais. J'importune sans doute. Mais je ne blesse pas. Je suis un peu comme vous. Je préfère les questions aux réponses. A l'école déjà, par insolence, lorsqu'on me demandait pourquoi l'eau se mettait à bouillir au-delà d'une certaine température, pourquoi le ciel était bleu, la Terre si exactement ronde, je répondais : « Pourquoi pas ? » Et je riais.

Voilà, Monsieur. Excusez encore une fois mon insolence.

Livia

Simon vit, regarde, écoute. Avec le chien Sacha, il grandit dans l'hiver qui est venu. La seule chose qu'il apprend avec constance c'est la légèreté de son corps. Et la joie qu'il a dans le sang. Au milieu de la nuit, il se retrouve en paix. Son père est là, dans la chambre, la même chambre. Le soir, après le dîner, il est venu embrasser son fils. Et Simon dit seulement : « Bonne nuit, mon Didi. » Toute la maison sent le bois, la résine et le père aussi. Simon se retourne pour sentir ses jambes, ses bras, sa fatigue de la journée, il fait froid, il aime ce qui s'est passé dans son corps, il s'endort de nouveau et ce sont des neiges rondes et pâles qui ont adouci les rochers, qui leur donnent, dans les ravins, des couleurs vertes, mauves ou bleues, ce sont des collines de neige qui brillent dans la lumière de la lune, dans ses rêves d'enfant. Des rêves qui lui parlent de la neige couleur poil-de-chien. La neige qui danse dehors, dans le silence de la nuit. C'est le moment que choisissent les loups pour traverser le bois perdu.

Il entend crier « Minouche ! » et c'est la voix de la tante, c'est le jour et il n'y a toujours pas d'école. David est déjà en bas, le crayon sur l'oreille. Il compte et recompte sans cesse. Il parle peu. Son sourire est triste et personne ne sait jamais à quoi il pense, Didi.

Parfois il disparaît toute la journée. Simon et Misha tiennent alors le comptoir. Ils notent soigneusement ce qui manque, ce qui est vendu, ce qui est abîmé par le temps. Le garagiste demande où est le père. Ils disent qu'il est allé chercher des fleurs rares, là-haut. Tout le monde, dans le village, sait qu'il aime les fleurs. Et notamment l'épilobe des montagnes, la grande astrance, la gentiane. Ce sont des noms qu'il connaît et qu'il écrit pour Simon, uniquement pour lui, dans un cahier où sont collés des pétales séchés.

Le garagiste s'en va en bougonnant. Il sent l'essence. On entend le mot « juif » dans le vent qui vient un instant tourbillonner dans la boutique.

Madame,

Permettez-moi cet aveu : vous m'avez blessé lorsque vous avez écrit que mon silence était « une posture, une élégance... » Il se trouve qu'à un moment de ma vie – que j'ai du mal à évoquer – je n'ai plus pu parler. Cela m'était devenu impossible. Aujourd'hui c'est un peu différent. Si parfois c'est une contrainte pour moi, c'est que j'ai toujours peur de ne pas trouver le mot juste. Je crois aussi qu'il n'y a aucune explication qui puisse convenir au regard que l'on pose sur la vie. Ça ne peut être qu'un regard. Mais je m'arrête. Car ce n'est pas cela qui vous préoccupe.

Je pense que ce n'est pas à moi que vous écrivez. Vous voilà engagée dans une course sans fin entre vous et vous, entre deux personnes qui se répondent, se cherchent et se fuient, habitent votre vie, tournent comme ces écureuils jouant autour d'un arbre, se poursuivant dans un tourbillon qui finit par les confondre.

Surtout ne cherchons pas à savoir qui nous sommes. Ni vous, ni moi. Nous risquerions de tomber sur une autre personne : un père, un enfant, un inconnu doux et monstrueux qui vivrait en nous et nous ferait percevoir qu'il est beaucoup plus que nous-même. Je ne sais pas, moi, qui je suis. Sans doute comme tout le monde. Assez obscur à moi-même. Pensez-vous qu'il y ait un seul homme, de par le monde, qui n'ait jamais eu, ne fût-ce qu'un instant, envie de tuer ?

Je pense, Livia, que vous êtes voilée derrière ces mots que vous écrivez. Vos lettres vous dessinent par tout ce qu'elles cachent autant que par ce qu'elles disent. L'écriture est femme, toujours, dans ses profondeurs. Elle est séduction et vertige même lorsqu'elle se veut rude, simple et pierreuse et sèche. Elle est la féminité du monde. C'est elle qui donne à l'humain son étrange ascendant sur les choses. Et dans le même temps sa dépossession. Elle est une parole qui met au monde tout autant qu'elle s'en écarte.

Alors ne m'en veuillez pas. Même si je cède, même si parfois je me résous à vous écrire. Je ne suivrai pas nécessairement le même chemin que vous. Question, réponse, question, réponse : ce sont des arbres qui, régulièrement, de chaque côté de la route nous poussent à la suivre. Je ne prendrai pas ce chemin-là.

J'ai vécu dans l'égarement. S'il y avait une réponse à notre angoisse, la mienne ou la vôtre, celle de n'importe quel humain, nous aurions tous la même, au fond de nous, prête à servir. La réponse est docile. C'est un chien que l'on appelle. Et il vient. On le caresse, il revient.

Non, voyez-vous, Livia... je ne réponds qu'à cette pâleur entre les mots, les vôtres, ce silence qui les accueille et les accompagne. Le mot de père. Le mot de meurtre. Le vide.

Je vous raconterai parfois des histoires. Comme vous le faites. Ainsi nos paysages seront-ils des moments de doute et d'étonnement. Des collines, des plaines, des montagnes que l'on découvre en marchant, des vallées où l'on s'engage, des déserts qui n'ont pas de véritables limites. Des fleurs surtout. Ça, je veux bien. Des histoires, oui. Mais pas des questions...

J'ai été touché par vos lettres, Livia, et mon silence a été dérangé. Aujourd'hui il ressemble à une église de campagne lorsque survient un visiteur. L'ombre est toujours là, fraîche, un peu flétrie, mais elle n'est plus seule, elle s'est déchirée. C'est vous qui l'avez déchirée...

Pardonnez-moi, je ne vous répondrai pas toujours. Mais je m'ouvrirai à vous de certaines images qui me viennent et me tiennent éveillé.

Bien à vous,

Simon

Un berger les a vus, les loups. C'est ce qu'il dit. Ils étaient deux, juste au sommet de la falaise. Immobiles, ils semblaient noirs sur le fond neigeux du ciel. Il a raconté à l'épicier. C'est après le bois perdu, quand on monte vers la frontière.

— Mais qu'est-ce que tu faisais là-haut, avec ce temps ? demande David.

Le berger ne répond pas. L'enfant lève la tête. Des bocaux de cerises, du lard qui sèche, des boîtes de sardines, des marmites. Il joue sous le comptoir. Il met cinq billes en pyramide. Il arrive à les caler dans une raie du plancher. Il est obligé d'écarter Sacha qui veut jouer avec lui.

— Qu'est-ce que tu faisais là-haut ?

Au deuxième coup les billes s'éparpillent. Et puis des chuchotements.

— Est-ce que Giorgio était là ? Tu sais, le chef ?

Les billes roulent dans les coins. L'enfant regarde les grosses chaussures mouillées. Des petites plaques de glace aux pieds du berger.

— Non, le grand n'était pas là. Il y avait Bado qui faisait du feu dans la grotte. Tu sais le gros, celui qu'ils appellent Badoglio, pour se moquer de lui.

C'est l'hiver et les Italiens sont restés. L'épicier a mis les mains dans les poches de sa blouse. Il regarde vers la montagne. De la fenêtre on voit ses parois grises. Dans les fermes on sait que le berger a raison. Les vieux se souviennent. Pendant l'autre guerre, déjà, il y avait des loups.

Le soir, toutes les portes sont fermées. Dès que la nuit tombe, le village s'enferme avec la neige. Devant les cheminées, dans les étables, sous les poutres des granges, reviennent les paroles anciennes. Les loups, la guerre, les Allemands.

Dans la grotte, les mains glacées, les yeux fixés sur le feu, Giorgio parle.

Allongés ou assis, ils sont autour du feu. Le gitan est un peu plus loin. Il caresse la louve. Elle aussi regarde le feu.

Dans un coin, sur une couverture, les armes

sont rassemblées. Un vieux Mauser 98, pris aux Allemands. Un Lebel. Une Sten Mk VI munie d'un silencieux. Et puis d'autres Sten, des Mk II qui ont été parachutées dans la région.

Giorgio parle : « Je le tuerai. C'est une sorte de capitaine. C'est un salaud. Je le tuerai. Je sais qu'il s'appelle Günther Althorn. Les paysans dans la vallée l'appellent "le maudit". Les soldats ont brûlé plusieurs fermes, en bas. Ils ont tué des vaches. Je le sais. »

Les dents de Giorgio dans l'ombre. Sa peau de poils noirs. Le petit est reparti. Il a peur pour la première fois. Peur de Günther Althorn. C'est de l'allemand et ça veut dire : *le maudit*. Dans l'épicerie, à voix basse, on entend « les boches ». C'est un mot qui n'a pas de sens. Comme le mot juif. Mais il n'a pas besoin de comprendre pour avoir peur. Il a entendu qu'il y a des pendus, en bas, dans le bourg. Des gens accrochés par le cou. Ils se balancent.

En s'endormant, il entend le craquement de l'escalier lorsque son Didi monte vers l'étage. Alors il pense à ce « gunteraltorn » qui doit ressembler à un scorpion. Dans un livre il a vu le dessin d'un scorpion. Avec ses deux pinces qui vont bien loin devant. Et la queue qui monte comme une lance.

Rome, le 15 juin 1990

Monsieur, cher Simon

Je suis heureuse que vous m'appeliez par mon prénom. C'est un diminutif d'Olivia. Mais c'est plus doux, plus simple. Ça glisse. C'est moi qui l'ai choisi. Vous savez, j'ai été dans un orphelinat où l'on m'avait appelée Maria. Je crois que vous avez servi dans un couvent pendant plusieurs années. J'ai lu ça dans la presse. Nous avons partagé ce genre de vie.

Aujourd'hui j'ai envie de vous dire ce qui s'est passé pendant mon adolescence : un jour, j'ai senti grandir en moi une deuxième personne, une inconnue. Elle habitait à l'intérieur de la première, se cognait contre sa peau, envoyait des messages incompréhensibles et parfois corrigeait sévèrement le corps qu'elle avait choisi d'habiter. Cette bataille n'a pris fin qu'au jour où j'ai connu pour la première fois le poids d'un homme sur moi...

J'ai oublié le nom de ce jeune homme. J'ai oublié son corps, sa voix. Il était comme tous les autres. Plutôt brutal. Mais je sais que ce jour-là, une deuxième femme en moi a chassé la première. Je n'ai plus jamais revu celle qui fut ainsi jetée dehors. Je la cherche, je lui parle. Elle ne répond que rarement. Juste par des souvenirs que nous aurions partagés. Mais ils sont tout petits, ces moments-là : des morceaux de verre brisé. Ils sont difficiles à saisir. Et dangereux. Ça coupe. Cette première jeune fille donc, s'appelait Maria. C'est bien sûr une référence à la vierge. Les religieuses auraient sans doute souhaité que je reste vierge ! Depuis que vous m'appelez Livia j'ai compris que par le seul glissement des mots qui vont et viennent entre vous et moi, par votre décision de me nommer ainsi, vous êtes devenu proche de ma vie d'aujourd'hui. Vous m'aidez ainsi à oublier cet enfant que j'étais, un enfant qui a disparu, comme disparaissent tous les enfants...

Quel âge pouvais-je avoir, les cuisses écartées, sous le corps de ce garçon ? Seize ans peut-être... Avec un passé de gamineries, de danses, de fous rires, de rubans dans les cheveux, de tristesses qui vous piquent les yeux... On ne m'avait jamais appris ce qu'était un sexe d'homme. Je vivais dans un orphelinat, protégée du monde.

Il a fallu que je découvre toute seule cette « fleur du mâle » qui sait à la fois être si douce et si dangereuse. Ce pourrait être beau s'il n'y avait pas la violence. Un peu comme une guerre. J'aimerais savoir si, vous aussi, vous avez participé à cette guerre-là ? Peut-on le faire sans parler ? Peut-on le faire avec simplement des odeurs, des désirs dans le regard et le corps, des postures comme le font les animaux, cette brutalité ?

Répondez-moi Simon, s'il vous plaît.

Livia

N.B. : « Il aurait dû dire ça : je pense donc je fuis. Mais il ne l'a pas dit. Parce qu'il était installé. Comme tout le monde. Au moment de se taire, il a pris peur. »

C'est vous qui avez écrit cela ! Vous voyez que je vous lis. Eh bien moi, je vous dis qu'au moment d'entrer dans le grand silence de votre vie vous auriez dû avoir peur.

Peur du vide où vous alliez entrer !

Simon a neuf ans. Il commence à comprendre que les Allemands ne sont pas si forts que cela. Il entend que l'on parle des Anglais qui sont des hommes qui habitent sur une île. Le père lui dit que ce sont des amis. Un grand peuple. Simon aime les Anglais. Ils doivent être beaucoup plus nombreux que les Allemands.

Ce jour-là, le garçon est près du poêle, au fond de la boutique. Le bruit a commencé au loin, comme un lent bourdonnement. Puis il est devenu plus proche. Le père lève la tête. Il sourit comme si, dans cet hiver, il y avait un champ de fleurs au milieu du ciel. Mais c'est un vacarme maintenant. Simon s'est rapproché du père, il s'accroche à la blouse grise. Il y a aussi le garagiste. La tante reprise un pantalon au fond de la pièce. Tout le monde regarde le vieux plafond de bois qui s'est mis à trembler. Le bruit est venu du sud et le ciel s'est ouvert maintenant au point qu'il a remplacé les hommes, les bêtes, le village tout entier. Le bruit du ciel occupe toute la place. C'est un orage qui ne s'arrête pas, qui roule dans la montagne comme une folie énorme et splendide. Plus forte et plus longue que les caprices de toutes les tempêtes. On dirait une musique lourde, invincible, la musique des hommes de la guerre. Sacha s'est réfugié sous un banc, les oreilles aplaties, la queue rentrée. Il gémit.

Le père dit : « Les avions ! » Il dit aussi : « Les Américains ! » Il pleure. Il embrasse son fils. Il dit : « Minouche, tu vas voir, c'est fini maintenant. »

Livia, Livia, vous me parlez de votre enfance mais je ne sais plus rien de l'enfance. Toute la joie s'est effacée. Elle s'est dissipée d'un seul coup et c'est la nuit qui a suivi. Une très longue nuit. C'est tout ce que je peux écrire.

A sept ans, à dix ans on ne sait pas que l'on va vivre si longtemps. Plus longtemps que les grands qui vous entourent avec des muscles et des autorités dans la voix. Les hommes ne savent rien de la mort tant que leur père est là. Ils batifolent, ils lubriquent, ils s'époumonent, ils s'explosent dans la vie, dans les femmes, les jeux, l'argent. Ils diffèrent, se contredisent, se dispersent, se dépensent au milieu des orages et des anges. Et puis le père meurt.

Alors ils deviennent tous pareils. Ils sont vilains d'un seul coup. Ce sont des poissons séchés sous le soleil. Il n'y a rien qui puisse faire revivre leur enfance. Ils espèrent son retour et ils resteront longtemps, immobiles dans la file d'attente. Avec une immense, une terrible patience. Et lors-

que viendra leur tour, eh bien, ce sera comme un nuage isolé dans un ciel d'été : un étonnement, là, au moment de disparaître.

Je vous l'ai demandé, Livia, ne me posez pas de questions. Je vous l'ai déjà écrit. Il n'y a pas de réponses cachées en moi. J'ai accepté la prison sans rien dire, je ne vais pas parler maintenant, alors que la vie glisse loin de moi sans que je puisse la retenir.

Prenez le monde dans lequel nous vivons. Pouvez-vous y lire la moindre réponse à toutes les sortes de haines que les hommes échangent entre eux ? Je devine ce que vous voulez dire : il y a une certaine grossièreté à être vivant. Nous nous rejoignons sur ce sujet. Je ne peux pas me débarrasser de cette grossièreté.

Je n'ai écrit qu'un seul livre vous le savez. Il ne parle pas de ma vie. Je l'ai fait en croyant m'éloigner de ma bêtise et elle reste intacte, immobile, au fond de moi.

On me dit que j'ai eu un enfant. L'ai-je vraiment voulu ? Je n'ai jamais retrouvé sa trace et je n'ai aucune raison de l'aimer.

Alors je suis sans doute un animal blessé qui traîne son corps vers un buisson. Il veut mourir tout seul. Il n'a même plus de passé. Il veut sim-

plement cacher sa mort, l'isoler du monde qui s'agite autour de lui. Il sait qu'aucun être vivant ne veut partager la fatigue de l'autre.

Laissez-moi, s'il vous plaît.

Simon

N.B. : Vous avez raison d'aimer l'italien. Je l'ai entendu chanter lorsque j'étais petit...

« Eh ! Minouche, t'es planqué ? » C'est le fils du garagiste qui parle. Il est gros, boursouflé, c'est un garçon qui vient de la ville. Une année, juste avant la guerre, il était dans la même classe que Simon, en 1940, la première année d'école. Cette année-là, Simon a six ans, il ne voit rien de la cohue des charrettes, des camions, des baluchons, des casseroles qui s'entrechoquent au-dessus des routes et des chemins. Il ne sait rien de ce fleuve humain qui s'étire vers le sud, au long des jours moites, dans les jurons, la fatigue et la poussière. Il n'a pas entendu le mot *défaite* puisque c'est l'été, puisqu'il va retourner dans la montagne où Didi, son père, l'attend, puisque la lumière est là et que son cœur bat, son cœur qui peu à peu le rapproche des fleurs, du foin qu'il sent déjà par la vitre baissée de l'autocar. Son chien sera là, c'est sûr.

Sacha, le gros chien jaune dont les yeux font des taches qui bougent doucement comme le fait l'ombre sous le tilleul de l'église au début de l'été.

« Alors, Minouche, t'es où ? » Cette phrase, il l'a toujours entendue. Avec des « à quoi tu penses ? », « où as-tu donc la tête ? » A ce moment il secoue ses boucles, se reprend, se demande encore ce qu'on lui veut.

Le fils du garagiste, c'est Pierrot. On l'a toujours appelé comme ça. Il dit : « Moi je suis Hitler et toi tu es le juif. » Ils ont six ans tous les deux. On est en 1940 et il fait bon dans la montagne. « Je vais t'attacher et tu vas t'enfuir. Après tu seras mort. » Mais il n'y a pas de ficelle. Et Simon ne veut pas être mort. Alors ils se battent un peu. Sacha grogne. C'est Simon qui court le plus vite. Derrière lui, il entend comme une chanson : « Oh le planqué, oh le youpin... » Il s'en moque. Ce soir la tante a préparé les pâtes qu'il aime. Avec de l'ail. Pierrot, c'est vraiment rien. C'est que du vent ce qu'il dit.

Rome, juin 1990

Monsieur,

Avez-vous eu une maman ? Des jouets ? Une enfance ? A vous lire on traverse une banquise. Elle se forme à dix ans, je crois. C'est à cet âge-là que vous avez perdu la parole. Que s'est-il passé exactement ? Penchez-vous au-dehors. Vous avez enfoui votre enfance et vous ne savez même plus à quel endroit vous l'avez cachée.

La violence de votre mutisme m'émeut. Je suis certaine, contrairement à ce qui est dit ici ou là que c'est une volonté, une lutte. Et que cette lutte est farouche. Je vous l'ai écrit : vous n'êtes pas dans l'incapacité de parler. Non. Vous vous y refusez. C'est autre chose.

Dites-moi comment vous faites lorsque vous prenez le train ou l'avion, entrez dans un café, lorsque vient vers vous un enfant, une femme... Comment faites-vous ? Ecrivez-moi cela pour que vous ayez ensuite envie de le dire, de le prononcer.

La voix humaine est belle, cher Simon. Elle a une couleur, des échos, une profondeur. Elle est, dans le monde, associée à la peur et au désir comme aux bruits les plus anciens : le tonnerre, le vacarme des grandes vagues, le chant des oiseaux, le souffle du vent dans les feuillages. Elle a même sa lumière, son scintillement, ses ombres. On dit une voix blanche. On pourrait dire une voix bleu pâle, amarante, aux franges grises, à l'obscurité sombre, caverneuse... Ici, j'entends, je connais les voix italiennes. Celles de Toscane, couleur de terre rouge, celles du Sud, plus rudes, blanches de soleil et de poussière. Ce que vous aimez avec vos yeux : l'écume que laisse le ressac au bord de la mer, l'éclat d'une fleur jaune au milieu d'un champ, les coquelicots éparpillés sur le bord d'un chemin, pourquoi cela reste-t-il caché au fond de vous, enfermé dans la tristesse ?

Je ne sais pas, moi. Je chante, je fredonne lorsqu'il fait beau et que j'ai le cœur léger. Tenez, par exemple, lorsque j'étais adolescente, je faisais le mur, l'orphelinat n'était pas bien gardé. Il y avait un garçon dans la maison d'à côté. Le fils du concierge. Je savais ce qu'il voulait, je démasquais son jeu et c'était moi qui m'amusais. Je le laissais venir, je l'égarais, le reprenais jusqu'à ce qu'il se lasse, ne sache plus quoi dire, s'épuise. Dans tout cela la parole joue un rôle essentiel. Le murmure, la moue, le plissement des yeux, le mouvement des mains aussi. C'est un ensemble. Comme un tableau. Je faisais bouger le tableau avec ma voix. J'y ajoutais une dimension supplémentaire.

La langue c'est une lagune au fond de laquelle se sont déposés toutes sortes de sédiments. Je les fais remonter à la surface. Et, comme certains poissons, je me cache dans la poussière, le trouble que j'ai créé.

Vous avez eu raison de me l'écrire : je peux me dissimuler aussi bien que vous. Mais moi, je le fais en riant. Je le fais en parlant...

Parlez-moi du bonheur, s'il vous plaît. Parlez-moi, Simon, du moment où il émerge au fond de vous comme une aube. Et alors la lumière vient de nulle part, elle caresse la nuit pour que celle-ci se retire.

Au revoir, Monsieur.

Livia

« Cette histoire de loups, ça ne me dit rien de bon. » Le garagiste souffle un instant dans ses mains. Il se réchauffe. David corrige les calculs du petit. Dans l'arrière-boutique il fait doux. Multiplications, divisions, j'écris trois, je retiens deux, je pose mon sept ici. Les mots sont doux aussi. Et simples. Il y a bien le passé composé, mais il suffit d'apprendre. C'est le mot *composé* qui est curieux. Le soir est venu très vite. La blouse grise de Didi quand il se penche vers le petit. Le crayon coincé derrière l'oreille.

Le garagiste : « Tu comprends... Quand il faudra monter les bêtes, ils seront toujours là, les loups. Faudra bien qu'ils mangent. Mon père disait ça quand j'étais môme. Les loups, c'est jamais bon signe. C'est que la guerre va durer. On aurait dû s'arranger avec les Allemands. Moi, j'ai toujours dit ça. » L'épicier fait glisser un tract sous une couverture. Il soupire. Et puis le garagiste : « Les Italiens, faut faire attention. C'est des types avec des problèmes, c'est peut-être des communistes, va savoir ! » Simon suce un morceau de réglisse. Il pense à Bado là-haut. Et aussi à Althorn, avec sa queue de scorpion. Il a entendu la promesse de Giorgio. Il sait que Giorgio est bien plus fort qu'Althorn et qu'un jour, avec son poing, il l'écrasera.

Ce jour-là, la louve acceptera d'être caressée. Simon n'a jamais réussi à le faire. Il a peur du gitan aussi. Les autres, ils l'appellent Rita, la louve. Ce sont ses yeux qui font peur. Des yeux verts comme l'ombre sur la glace. Simon sent le chien et cela ne plaît pas à Rita. Mais lorsque Althorn sera écrasé, la louve descendra dans le village, avec le petit. Ils vivront ensemble, avec Didi, la tante Misha et la bonne tête de Sacha.

Livia, Livia, votre prénom c'est une histoire sans visage... Une histoire comme il y en a dans certains livres. Le personnage n'est pas bien décrit. On l'imagine. Il s'échappe. On est déçu. Ce n'est jamais ce qu'on attend.

Vous savez, je repense à ce que vous m'avez écrit au sujet de ces inscriptions sous les vitres des trains. Je les suivais du doigt. Comme le Braille pour un aveugle. Moi, le muet, je passais lentement la pulpe de l'index sur les petites lettres gravées. Vous souvenez-vous qu'alors elles étaient gravées dans le métal ?

J'entends les mots « La Roche-Migennes » ou « Vierzon » et je pense à la détresse des quais, à la solitude des quais, à la pluie sur les quais, à la taille des femmes, prises et reprises au moment des adieux, les mains sur les épaules. Et puis les lèvres dont le goût ensuite vous accompagne lorsque le regard se perd derrière la vitre et que défilent arbres, poteaux, maisons, gares égarées, passages à niveaux... Il y avait aussi ces mots : « Nicht hinauslehnen. » *Et ceux-là, je ne les aimais pas.*

Parlez-moi de Rome. Parlez-moi de votre bonheur pour qu'il soit aussi proche de celui que j'ai connu lorsque j'étais enfant : des petites vagues sur la peau, des frémissements, l'amitié d'une plante, d'un caillou, les différentes sortes de silences, le vent froid et le vent chaud comme les deux langages d'une femme, le désir de boire ou de dormir...

Mais je m'arrête... Vous savez tout cela.

Simon

Un jour le temps change. C'est un matin. L'odeur du printemps descend de la montagne. C'est une odeur de lumière, de légèreté, de cascades. Les arbres, les rochers, toute la journée la terre craque. Le petit connaît le chemin. Il monte là-haut. Il faut une heure, à peu près, pour arriver jusqu'aux Italiens. Dans un torchon noué, il y a un peu de lard, du pain dur, du riz et des pâtes, du sel. Il marche dans la neige fondue, s'efforçant de ne poser les pieds que sur les rochers. Parfois les pierres roulent. Il s'arrête alors, attendant que s'apaise le bruit des éboulis. Le cœur battant, écoutant la partie du silence qui s'est déchirée derrière lui. Il traverse le bois perdu.

Ce matin, le père a enveloppé un pistolet. Un P.A. 1935, calibre 7,65. Le pistolet réglementaire de l'armée française. Des mots compliqués pour Simon, des mots mystérieux.

Son père en parle avec une sorte de tendresse, comme lorsqu'il s'adresse à lui, avant de le coucher. Il a caressé le métal noir, luisant, il l'a graissé. Dans le tissu, sur son épaule, Simon sent peser cette chose lourde, compacte, qu'il porte au milieu des premières fleurs comme le vrai secret des hommes.

Il monte avec agilité. Il saute. Son corps ne pèse rien. Il va retrouver, là-haut, ces étrangers qu'il comprend déjà. Qui parlent comme les bergers du village. La même langue. Comme son père, parfois, lorsqu'il regarde vers le ciel et qu'il dit le temps qu'il va faire. Il va retrouver Rita, la petite louve qui vit avec eux. Le bébé loup. Et puis, Bado, le cuisinier.

Bado raconte toujours des histoires. Des histoires de grands, de guerre, de méchanceté. Le petit ne comprend pas. Il sait qu'il y a du malheur là-haut, autour des Italiens. Il y a du malheur dans leurs vies.

Bado murmure sans cesse. Il bougonne. Il n'est pas de mauvaise humeur. Non. Il raconte tout le temps la même histoire. Les coups qu'il a reçus, il ne les oublie pas. Le nez cassé. Il raconte ça tout le temps. Le commandant Julio Valerio Borghese était là, dit-il. Tu te rends compte, le commandant lui-même ! Et puis, ils étaient deux à le frapper. Et puis l'huile de ricin. Allongé, tenu par les pieds, les épaules, avec l'entonnoir dans la bouche. Naturellement il se souvient. La cellule... Des inconnus qui ne disent rien. La peur. Les chemises noires dehors qui rient, s'exclament sous l'ombre des platanes. Des imbéciles, oui. Cette façon de courir idiote. Simon écoute. Il ne comprend pas pourquoi les chemises étaient toujours noires.

Giorgio, après le repas, lorsque s'allument les cigarettes, lorsque les regards brillent dans l'ombre et la fumée, Giorgio répond à Bado. Il lui dit qu'on les retrouvera ces types. Il dit : « Après ». Il dit toujours ce mot : « après »... avec un geste de la main comme pour chasser quelque chose qui serait devant son visage. Mais Bado veut le faire tout seul. Il n'a besoin de personne. Ce futur-là, ce sera le sien. Il dit ça. Il se voit dans la petite impasse où habite sa mère, caressant dans sa poche le couteau que le gitan lui a donné. C'était un soir où toute la vallée était plongée dans le brouillard. Le gitan lui avait donné son couteau. Mais les autres se moquent. Ils disent qu'il ne saura pas faire.

Ils disent : « Badoglio, n'oublie pas, il faut faire comme avec les cochons. » Et ils rient.

Simon, malgré la fumée qui le fait tousser, rit avec eux. Il ne comprend pas. Il a vu une fois un cochon, le couteau planté dans le cou. Il a entendu son cri aigu. Il se souvient des pattes qui s'agitent. Il se souvient du rire des paysans. Il se souvient : le sang comme le jet d'une fontaine. Il essaie de rire, Simon.

Livia, j'insiste là-dessus : j'ai choisi de ne pas parler. Ce n'est pas une maladie, c'est un choix. D'un seul coup il m'a semblé inutile de parler. Inutile et épuisant, au-dessus de mes forces. Alors j'ai décidé de ne plus le faire. J'avais compris que parler c'était une action comme une autre : marcher, dormir, manger, sourire ou pleurer. Mais à la différence de tous ces moments de la vie quotidienne, ça m'a semblé superflu. Ou peut-être inaccessible, je ne sais plus. La parole c'est toujours quelque chose qu'on ajoute à la vie, qui se colle à elle et très souvent, l'alourdit, la défigure. Vous ne prenez pas ce risque avec le silence. Vous pouvez dire que c'est de la lâcheté. Suis-je lâche ? Peut-être. Mais ça m'est égal.

Vous savez, j'ai mis tellement de temps à savoir ce que c'était qu'un homme. Imaginez cela : il fait beau, je m'assieds et que vois-je ? Les moineaux sur la terrasse qui se précipitent vers le pain comme les Allemands et les Russes pour se partager la Pologne. Chacun un petit morceau, une miette. Tant qu'il en reste... Ces moineaux étaient plus proches des hommes que je ne l'étais moi-même. C'est ça que j'ai compris.

Vous vous êtes nommée vous-même. Livia, c'est un prénom qui a la douceur des lèvres. Sait-on vraiment de quoi se sont nourris les prénoms ? De quels rêves de père ? De quels espoirs de mère ?

Un jour ils deviennent un visage, de longs cheveux, une démarche... ou bien simplement une femme quelconque, effondrée par le travail, le visage fermé, dans une foule. Et vient alors une sorte de pitié à laquelle il faut donner un nom. C'est cette tristesse qui me pousse à vous écrire. Vous avez peur de la pitié ? Vous avez honte peut-être ? Mais je suis dans la pitié comme on est dans l'effondrement de soi. Un affaissement, un glissement de terrain. On m'a appelé Simon. En général les prénoms ce sont des mots que les parents inventent pour se faire plaisir. Pour leur passé à eux, leurs grands-pères, leurs histoires... J'ai été nommé Simon. Est-ce un prénom juif, Simon ? Pour moi, ce devait être un don du père puisque je n'ai jamais connu ma mère. Sur ce point nous nous ressemblons. Les enfants sans mère sont des petits ensembles de plaintes et de gémissements. On les rassemble avec une ficelle et ça leur fait mal. Ils ont un passé auquel manquent des caresses, des mots. Pour moi, ces mots-là je les ai cherchés comme on creuse le sol. Ils avaient disparu. Ruinés, ils s'étaient mêlés très lentement à la terre.

Alors j'écris. Certains sculpteurs semblent aller, peu à peu, dans leur travail, vers la disparition de la matière. Connaissez-vous Giacometti ? On dirait qu'il veut se passer de tout ce qui est superflu dans un corps. Après tout, la musique aussi se passe des mots. L'écriture n'est-elle pas ce chemin qui va, le plus loin de nous, vers la fragilité, l'absence même de la matière ?

J'ai tué parce que c'était en moi depuis trop longtemps. Ça pourrissait.

Je n'avais rien à dire au juge si lui-même n'avait pas compris. La justice n'a pas besoin d'explications. Elle coupe, elle découpe, elle entaille et sur son étal les gens viennent acheter ce qu'ils veulent. C'est tout.

Il me reste peu de temps à vivre et j'aurais un peu de honte si je devais prolonger ce temps-là, à coup de piqûres ou d'espérances, ou d'achar-

nement. La vie m'a été prêtée, je dois la rendre. Je n'ignore pas qu'à d'autres elle a été donnée. Tant mieux pour eux.

Je vous embrasse, Livia.

Simon

C'est la fin de l'hiver. Un des hommes s'approche de Giorgio. Il lui parle à l'oreille. Il est essoufflé. Il vient de courir. Il arrive du village. Le gitan a vu des camions qui montaient. Giorgio regarde le petit. Ses yeux se plissent comme si le malheur était à l'intérieur de lui, tout au fond. Il regarde Simon. Et ses yeux, sa mâchoire, ses mains deviennent comme de la pierre. Son corps tout entier comme de la pierre. Il se lève, les hommes se lèvent. Ils ne sont que six aujourd'hui. Il dit : « Il faut partir. » Il dit : « Bado, tu restes. Tu attendras les autres. Quand les hommes reviendront, il faudra rester là. Tout le monde. Et ne plus bouger. » Il répète : « Toi Simon, tu ne bouges pas. »

Les Italiens sont partis. L'un derrière l'autre vers le village. Avec les armes. Ils marchent vite et s'enfoncent derrière les rochers. C'est une seule ombre, c'est le même tissu de feuilles, d'écorce, de toile rude, à travers les arbres. Ils ne se sont pas retournés. Ils n'ont pas vu que le petit les suivait.

Simon a couru le long du chemin. Il a roulé comme un caillou, une pomme de pin, loin derrière les autres. Il a la couleur grise de l'ombre, dans les versants du nord, là où sont les bouquetins, les chamois. Il saute et son cœur s'en va vers le village, dégringole toujours plus vite vers le malheur.

Bado gémit. Il n'a pas pu empêcher le petit de partir. Il s'adresse à la Vierge, à sa mère, à toutes les femmes du monde. Il pense que Giorgio va tuer de nouveau. Il sait bien, Bado, quand la mort s'approche. D'un seul coup il n'a plus faim, sa tête est vide, son regard se voile. Il ne peut plus bouger. La mort, c'est un grand vide au fond de lui.

Les garçons sont partis avec les armes, et on ne lui a rien dit, à lui, le gros, le cuisinier, l'homme du fleuve. Ah, les garçons, mon Dieu. Les six qui étaient là, il n'y pouvait rien. Mais Simon, il aurait dû le garder avec lui. Près du feu. Attendre.

Cela fait des mois que le cuisinier attend,

lave le linge, prépare les repas, attend encore. Avec sa rancune, il attend. Il sait bien qu'un jour il les retrouvera, là-bas, dans la plaine, les salauds. Je les retrouverai. Près du fleuve. Il fait toujours chaud sur les rives du fleuve. Lui, il n'est pas de la montagne. Quand il redescendra, avec son couteau, alors il oubliera les rires des garçons. Les moqueries. Bado pleure doucement. Le petit n'aurait pas dû partir. Dans la plaine il fait bon. Il y a du vin. J'ai tellement soif. Il boira, Badoglio, toute une nuit s'il le faut. Alors ce sera fini. Le froid de la montagne, le brouillard devant la bouche, ce sera fini. Et lorsque viendra le moment d'après, lorsque la neige et la glace ne seront plus qu'un mauvais souvenir, après les tissus de laine qui remontent sur le visage, après les branches qui se cassent tout d'un coup, il y aura du vin. Il retournera dans la rue de la mère. Et il boira toute la nuit. Il pleure.

Rome, juillet 1990

Cher Simon,

J'aime vos lettres. Vous êtes alors près de moi, comme on est dans une maison, à côté d'un homme qui lit. Il ne parle pas. On sait seulement qu'il vit dans l'hospitalité d'un livre. Et à côté de cet homme, on ne fait que partager ce que l'on ne connaît pas. Je vous demande simplement d'être votre amie. Ce n'est rien et c'est beaucoup. Vous ne risquez rien à l'accepter. L'amitié sait être légère. Elle n'impose rien, ne sacrifie rien. Elle est juste là, pour aider les humains dans la vie qu'on leur fait ou qu'ils se font eux-mêmes. C'est une fête, l'amitié. Pas une prison, pas un discours. C'est un partage et j'ai besoin de partager avec vous ce sentiment. Parce que je devine – peut-être mieux que quiconque – ce qui vous habite.

Que se passe-t-il lorsqu'on déteste le monde ?

Soit on se lance dans l'amour de soi, et c'est Narcisse. On se plaît à soi-même, on se complaît. Soit on se plonge dans sa propre morosité. On se hait. Et cette haine, ce dégoût sert de ligne de conduite vis-à-vis des autres. On méprise leurs corps, leurs rires, leurs vêtements et tout cela devient insupportable. Mais le bonheur des autres, même s'il est menaçant, fait partie du monde. Il est essentiel à son équilibre parce qu'il participe de sa nature même. Bonheur instinctif des oiseaux qui accompagne leur cruauté. Bonheur des chants d'amour et de vengeance, bonheur des larmes et des souvenirs, bonheur de l'intelligence qui se couche et sans cesse relève la tête. Je voulais vous dire tout cela parce que, peu à peu, imprégnée d'un bonheur italien, j'ai l'impression de vous connaître.

A bientôt, cher Simon.

N.B. : 1/ Vous saviez que « N.B. » c'était de l'italien ?

2/ J'ai une photo de vous, découpée dans un journal de l'époque. C'était au moment du procès. Vous avez l'air de flotter... Un enfant... Oui, vous ressembliez à un enfant.

Derrière l'église, un petit torrent. Misha lave le linge. Elle entend le bruit des camions et des motos, les ordres, les mots allemands qui remuent en elle une très ancienne histoire de mépris et de haine. Tout d'abord elle ne comprend pas ce tumulte. Jusqu'au passage des avions américains le hameau est resté comme suspendu en dehors du temps. Ici les nouvelles de la mort – comme la brume – viennent toujours de la vallée. De nouveau elle se souvient. Dans la vieille armoire, les lettres sont restées de son jeune mari. Le mort de la plaine de Brie. Elle se souvient. La permission, un mois avant, juste un mois, le jour de fête, l'uniforme bleu, le copain blond de la classe 93, cette lumière douce de l'automne 1914, les numéros : le 204e d'infanterie, le 5e bataillon, les 75... Il faisait beau ce jour-là.

Et puis les mots : les schleus, les frisés, la

territoriale, les shrapnells, les bourrins repeints pour le camouflage, la prévôté, le train des équipages, les caporaux d'ordinaire... Tout ce brouhaha de la guerre qui vient du Nord et de l'Est, là-bas, toutes ces paroles d'hommes avec leurs moustaches, leurs pipes, le regard timide et gauche de ceux qui reviennent comme des enfants en faute, comme pour s'excuser d'être partis. Et puis surtout d'être encore là.

Misha. D'un seul coup, les cris allemands la font trembler. Un coup de feu. Elle laisse le linge sur le bord du torrent. Une chemise s'échappe, se colle contre un gros galet, se gonfle.

D'abord elle se cache dans l'ombre de l'église. C'est là qu'elle entend le tonnerre qui fait vibrer les statues de plâtre. Elle regarde le cœur rouge de Jésus, le voile bleu sur les cheveux de Marie. Elle attend. Et puis elle court vers l'épicerie. Il n'y a personne. Elle crie simplement : « David ! » Toutes les maisons sont fermées, le village est vide, le ciel est vide. Dans les mains inutiles de Misha collées contre son visage, il n'y a plus que l'odeur du savon et le goût retrouvé de ses larmes. On dirait que Sacha dort. Mais une seule balle a suffi. Il est mort. Et Misha, longtemps après, dira au petit : « Un chien mort, c'est beaucoup plus beau qu'un Allemand au bord d'une route, avec la tache noire du sang autour de lui. »

Livia, chère inconnue,

Le silence est comme le rêve. Il y a des mauvais rêves. Pas nécessairement des cauchemars mais des images nauséeuses, amères, qui n'ont pas de violence en elles-mêmes mais qui laissent au réveil un sentiment de honte ou de mépris de soi. Ce sont des rêves d'échec. Ils sont liés à la faute que l'on pense avoir commise. On souhaite s'en laver comme d'une souillure. Cela m'arrive naturellement comme à chacun.

Je me défie d'une autre forme de silence qui serait celle d'un contentement. Il peut m'arriver d'y céder mais je n'en tire aucune fierté. Bien au contraire. Une sorte de satisfaction à n'être que moi-même, loin des autres. Si j'ose dire, étanche.

Et puis il y a le ressassement dont il faut sans cesse se défaire. Moi, c'est souvent la même image qui tourne, revient, s'éloigne et revient encore dans ma tête, dans mon sommeil. C'est l'image indéfiniment répétée d'un corps d'homme qui d'un seul coup n'est plus qu'un tas de vêtements, la parfaite immobilité d'un corps étendu, son silence. C'est ça qui m'habite alors : la destruction du corps. Je vois mon corps détruit comme une ville morte. Nous sommes tous issus du silence d'un père...

Vous savez, il y a, en chacun de nous, un moulin à prières, à désirs, à regrets. Ce moulin, il faudrait le laisser tourner librement. A la différence de celui des moines tibétains, il est silencieux mais si vous l'empêchez de tourner, si vous l'étouffez, c'est le corps tout entier qui ira chercher à l'extérieur les bruits dont il s'alimente : cliquetis de paroles vaines, vacarme des foules, rumeurs et délations de tous ordres, mots d'arrogance ou de certitude, slogans politiques, publicitaires, religieux, chaos des invectives et des fanatismes, affirmations péremptoires... je pourrais continuer longtemps. Toutes ces bannières flottent au vent, claquent dans les mouvements du vent et peu à peu se substituent au vent lui-même.

Avez-vous réfléchi, Livia, à ce que signifiait l'expression « parler pour ne rien dire » ? Peut-on à la fois parler et ne rien dire ? Je vous assure que c'est non seulement possible mais constant.

Cette permanence me fait fuir car je sais très bien que si je ne fuis pas, je serai l'un de ceux qui ne disent rien mais parlent sans cesse.

Comme vous j'ai vécu dans une institution religieuse. Les sœurs récitaient longuement des prières stupides. Toujours les mêmes. Comme si le seul fait de les prononcer et de les répéter donnait une réalité aux mots qu'elles utilisaient. Au début – j'étais petit – on me forçait à être présent. Je faisais les gestes qui m'étaient imposés et mon esprit se séparait peu à peu de ces gestes, il s'éloignait, loin des sœurs, loin des odeurs de cierges et d'encens. Je pensais aux loups, dans la montagne. Ils ne prient pas.

Très vite on ne m'a plus parlé puisque je ne parlais pas. J'avais trouvé mon océan, ma liberté d'être là où ailleurs, l'extraordinaire profondeur de la vie. C'était mon silence...

Vous ne semblez pas comprendre ce qu'est la nature de ce silence. Non pas une esthétique mais un moyen de survivre. Rien d'autre. J'aimerais vous dire que dans nos vies, il y a toujours un sauvetage possible. C'est la fuite. C'est l'histoire de Noé, une parabole. Noé s'en va en rassemblant tout ce que le monde a de vivant. Le Déluge n'est qu'un symbole de cet esprit de mort qui sans cesse nous assiège : la publicité comme une buée sale sur la langue, le travail qui dégrade, le tourisme, tous ces bruits qui sont devenus des terriers où se cachent les hommes.

Je n'ai pas besoin de continuer... Vous avez sans doute mesuré cette réalité.

Je vous quitte, Livia.

Simon

Il est perdu. Il s'enfuit. Pendant deux jours et deux nuits, il marche. Il ne sait pas où il va. Les Italiens sont remontés vers les grottes, ces grands trous d'ombre qui font à la montagne, le soir, des orbites de squelette. Il ne veut pas les suivre. Puis il revient vers le village. Il y a encore la trace noire que Sacha a laissée derrière lui. La porte de l'épicerie est ouverte et il n'y a personne. Le rideau en petites billes de bois est caressé par un souffle de vent. Il bouge lentement sur le vide. Seulement le vent. C'est un enfant et la main de Didi n'est plus là, sur ses cheveux. Main du père, main morte. Il n'a jamais vu le rideau de cette façon. Aussi vide. Il n'y a rien qui dise autant le père, la peur, la tristesse des hommes que ce rideau. Il est vieux d'un seul coup, Simon. Il y a un cri qui n'arrive pas à sortir de lui. Un hurlement qui lui déchire le corps, qui tourne en rond comme une scie et qui le coupe en deux. Mais rien ne sort : ni les larmes, ni le cri, ni la haine. Rien.

Le village est désert et il entend à peine le pas derrière lui. Il ne se retourne pas. Il aimerait que ce soit Althorn. Et il l'écraserait rien qu'avec ses yeux. Des yeux aussi noirs que l'ombre des sapins, comme le sang de Sacha, sous ses pieds

C'est la tante. Elle dit : « Viens, Minouche, viens mon petit. » Il rejette la main posée sur son épaule. Il n'aime pas la bonté des femmes. Il ne l'aimera plus jamais. Elle le suit longtemps de son petit pas de déjà vieille, de toujours morte. Elle s'accroche, elle souffle. Elle dit : « Mon petit. » Elle trottine derrière lui et s'étonne de tout ce printemps dans la montagne. Des pensées, des violettes, des primevères, des soldanelles. Elle ne les avait pas vues jusque-là, les fleurs : la peur des loups, sa tristesse de veuve. Elle s'était enfermée. Et voilà que le petit traverse les rochers, les fleurs. Vers le soir, il se couche. On voit l'église, en bas, le soleil qui glisse et s'enfuit. « Il faut rentrer maintenant. » Elle dit ça. Elle aimerait fuir aussi. Mourir ici, sur la mousse. Mais Misha est trop dure pour mourir comme ça. Elle connaît trop la mort des hommes, la guerre. Alors ils redescendent. Tous les deux. Il ne dira plus jamais rien.

Rome, le 15 septembre 1990

Simon,

J'aime bien votre image de moulin à prières. Ça doit être aussi peu efficace que les prières elles-mêmes. Mais enfin... Pour l'instant je vous demande de partager un instant mon bonheur de vivre. Je nage et l'eau caresse ma peau, se plie dans mes cheveux, je sais entendre aussi, dans les arbres, le message du vent. Je reviens, je lis vos lettres, je les relis, je pense à Paris, ville de papier où vous êtes peut-être avec les mots, petits signes humains, écriture à peine tremblée, votre regard, là-bas, penché sur la feuille et vous dessinez sans cesse sur elle un nouveau récit. Il vient, il revient comme la mer sur le sable. Il ne change rien au monde sauf l'émotion de cette constante, inlassable usure qui modifie peu à peu votre corps, votre regard, la terre elle-même, ses rides.

Voilà quelque temps j'ai aimé un homme. Comme ça. Librement. Sans un mot. Je me suis donnée à lui. Nous n'avons rien dit. Il pleuvait. Il m'a prise dans une église de Turin où nous nous étions réfugiés. Au moment de jouir, j'ai regardé la petite lampe rouge, derrière l'autel. Et j'ai aimé Dieu comme jamais je ne l'avais aimé. Enfin... un Dieu nouveau, tellement proche du soleil qu'il m'avait brûlée. Dans mon silence, il n'y avait que ces mots qui revenaient sans cesse : « Ceci est mon corps. » En sortant de l'église j'ai compris que j'avais communié.

La communion, petite fille, j'en connaissais la jouissance. A l'orphelinat, c'était obligatoire ce contentement d'avoir Dieu en soi. La bouche qui s'ouvre, la langue tendue vers le prêtre, les mots latins... La phrase exacte, si mes souvenirs sont bons, c'était : « Hic est enim corpus meum. » *Voyez-vous, j'ai volé ce bonheur. Je suis allé le prendre dans l'ombre, là où sont toujours les voleurs. Et dans la rue, la petite lampe rouge m'accompagnait.*

N'oubliez pas cela, Simon : « Ceci est mon corps »...

Si je vous dis tout cela, c'est que je vous aime de loin.

Ne vous fâchez pas, Simon.

Livia

L'été sent le foin, la résine et la chaleur des pierres. Derrière le village il y a des immortelles et le bleu des chardons, des silènes à grandes fleurs, des coquelourdes. Maintenant les Allemands sont partis. On dit que Althorn a été blessé, un peu plus haut vers le nord. A la sortie du village, un bouquet de fleurs et une petite plaque de bois, sciée dans le tronc d'un sapin : « A la mémoire de nos camarades italiens ». C'est ce qui est inscrit, maladroitement creusé dans la chair du bois. Une partie des lettres n'a pas tenu. Ou bien le ciseau a dérapé. Il reste « la... moire... des... taliens ».

La guerre n'est pas finie. On se bat toujours, là-bas, en allant vers Paris. Le garagiste n'est plus là. Les vieilles disent : « Le maire, il est en prison. » C'est vrai, le garagiste est en prison, en bas, dans la vallée.

Les Italiens aussi sont repartis. Le petit est

resté chez sa tante. Il joue seul parfois, dans le minuscule jardin, devant la maison. Le soir, il regarde l'ombre monter le long des rochers. Une lumière dorée éclaire encore le sommet et puis la nuit vient.

Il n'arrive à dormir qu'au petit matin, au moment où les mouches tapent en bourdonnant contre la vitre. Il ne dit plus rien. Personne ne lui parle non plus. Il va chaque jour dans la forêt et puis il monte vers le bois perdu, vers les grottes. Des journées entières, il cherche Rita. Le médecin vient souvent. Il parle doucement avec la tante. « Le petit Simon, c'est un demeuré, chuchotent les paysans, un imbécile. » Sur un carton qu'il a dans la poche, il a inscrit seulement ces mots : « Appelez-moi Simon, merci. »

Un jour il y a une lettre de Giorgio. Une grosse écriture avec des fautes. Les lignes ne sont pas droites et c'est difficile à lire. Mais c'est une sorte de français. Giorgio dit qu'il reviendra à l'automne. Avec Bado. Il dit : « Je te salue, garçon. » Il a écrit « garson ». Simon est content de la lettre. C'est la première qu'il reçoit. Il la garde sur lui.

Le silence

Misha va tous les jours au cimetière, à côté de l'église. Sur la tombe de David il y a un petit drapeau tricolore. Simon ne vient jamais. Il fait non avec la tête.

Les chasseurs sont revenus. Ils continuent la guerre avec des habits militaires, des fusils.

Les loups sont repartis.

Cette histoire de communion, Livia, comment dire ? c'est une histoire qui est si vieille ! Moi, je n'ai jamais eu envie de manger le corps de Dieu ni de boire son sang... Ce Dieu-là n'a jamais été auprès de moi. Pourquoi viendrait-il en moi, dans mon ventre ?

Vous savez, je m'éloigne à chaque fois que je vous écris. Ce que je ne comprends pas, c'est que jadis le silence nous rassemblait et il me semble que j'étais plus proche de vous alors. Que s'est-il donc passé ? Vous avez deviné que je n'arrive plus à m'accoutumer au monde qui m'entoure. Je pensais que c'était à lui de le faire. Visiblement ce n'est pas son projet.

Pourquoi serait-ce à moi de parcourir l'essentiel du chemin ? Alors, Livia, ne me demandez pas si je dois m'obstiner dans ma fuite. Au fond de cette église dont vous parlez, vous avez peut-être communié, mais vous ne savez pas avec qui.

Je ne fais plus le poids, comme on dit, face à la mélancolie des visages et des corps. Ce n'est pas moi qui m'en vais, c'est le monde qui me quitte. Eh bien, qu'il mène sa vie, c'est tout ce que je lui souhaite ! D'ailleurs, vous l'aurez observé : je n'ai pas l'impression d'aller plus vite ni plus loin que les autres. Tout est lent maintenant pour les humains. Malgré tout ce qui est dit ici ou là, malgré les apparences. Le monde ne va pas plus vite qu'auparavant. Il s'épuise, il enrage, c'est tout. Et je suis sûr que les gens cherchent autour de nous à ne pas voir cet épuisement.

Ce qui se passe c'est simplement ceci : l'accumulation des solitudes. Ça ne fait pas un peuple, ni même une guerre. On a le sentiment qu'au contraire chacun, en étant seul, retire quelque chose à l'autre. Oui, c'est cela : un trou noir comme il y en a, nous dit-on, dans l'espace. De l'énergie négative. La masse des solitudes, des angoisses, c'est de l'antimatière dont la présence est probable au sein de l'univers, mais elle ne peut être que devinée. Pour les humains c'est la même chose. On devine qu'ils vont aller de moins en moins vite dans leur manière de sourire ou de pleurer.

C'est tout ce que je voulais vous dire.

Simon

C'est un été magnifique. La lumière est partout. Elle est vive et Simon ressent plus que jamais cette blessure. Sans cesse il monte vers les grottes. Sans cesse il les dépasse à travers les pierriers, les éboulis, les moraines. Il va dans les alpages, il entend le sifflet des marmottes, il voit des couleurs de fête : des crocus, des colchiques violacées, des pavots orangés qui succèdent aux mélèzes noirs sous lesquels il s'est assis, le regard tourné vers la vallée. Il monte encore. Il ne sait pas pourquoi mais il faut toujours aller plus haut. Peut-être Rita. Peut-être ce besoin de froid, de solitude, de vent... Il ne s'arrête que lorsqu'il ne voit plus le village, les maisons serrées les unes contre les autres, les champs de seigle ou d'avoine, les parcelles de pommes de terre. Là-haut il n'y a plus rien. Le silence est dans les mots qu'il a toujours entendus : le Grand Bec, le Panachée, le mont Pourri. Il regarde vers l'est le Grand Paradis. Derrière c'est l'Italie. Il attend Giorgio. Il veut lui parler d'Althorn. Il aimerait qu'on lui ait fait du mal. Longuement. Avant de l'écraser contre un rocher. Il voudrait savoir pourquoi Giorgio n'a pas tiré, juste avant que le père ne devienne comme un sac vide, bousculé par le vent, troué de toutes parts. Il attend l'automne et le retour des Italiens.

Le soir, les genoux blessés, il s'assied devant la soupe. La tante non plus ne dit rien. C'est la maison du mort, murmurent les paysans.

Dans le jardin, le garçon se couche sur le dos. Les étoiles sont là, à portée de la main. Il reconnaît Orion, Cassiopée, les deux Chariots, il voit les yeux de Rita, sa cruauté pâle comme la voie lactée, il se souvient de la voix de Badoglio. L'aboiement d'un chien, le claquement d'un volet qui se ferme le font sursauter. Misha ne vient plus le chercher pour aller dormir.

Un jour, il entend, devant l'église, que Paris pourrait être libéré bientôt. Il ne savait pas que là-bas, si loin, il y avait aussi Althorn et ses soldats. Il pense que les boches reviendront, l'hiver prochain. Ils sont toujours revenus, disait le garagiste. Il fallait faire avec. Alors il habitera là-haut. Il sera dans la montagne comme un guetteur. Il protégera les Italiens. Il fera ses multiplications dans la grotte avec Bado.

La tante a vendu l'épicerie. Le petit fait un détour, à chaque fois, pour ne pas voir le rideau. Mais le rideau n'est plus là.

Il ne va pas à l'école. Il n'a pas de maman. Il n'a pas de langue. Il vit avec le silence. Il vit dans la seule compagnie de la tante qui lui fait à manger. Elle prépare des farcis avec des oignons, des artichauts. Elle lui parle de sa mère à lui, la femme de David. Elle est partie pour suivre un autre homme. Elle dit que c'était avant la guerre. Un soir d'été. Le 14 Juillet. Il y avait des couleurs, des drapeaux. Elle marmonne. Une typesse. Il entend ce mot. Une vicieuse. D'autres mots aussi. Elle avait le feu là où je pense. Il ne sait pas à quoi elle pense, la tante. Régulièrement il y a un monsieur qui vient. Il chuchote. C'est le seul avec un chapeau. Les autres, au village, les paysans, ils ont des casquettes ou des bérets. Il entend le mot « préfecture ». Il entend tout. Misha proteste. Elle ne se laissera pas faire. Elle ne veut pas qu'il soit avec les aveugles, avec les débiles, chez les prêtres, en bas. D'abord il n'est pas aveugle. Pas baptisé, non plus, elle dit. Simplement muet. Ça s'arrangera.

Simon, lui, s'arrange avec le silence. Il nomme dans sa tête les fleurs-soleils, les fleurs-cailloux, les fleurs-minutes, les fleurs-oreilles, les fleurs-nuits, des mots nouveaux qu'il invente. Et il pense au vent qui peut changer comme il veut les nuages du ciel, leur donner des noms différents. Il gratte les rochers pour emporter la mousse humide, tiède, pour préparer la tanière de Rita. Lorsqu'elle sera revenue.

Il y a un nouveau maire. La tante dit : « C'est un communiste. » Qui lui parle de son père, des Italiens. Il apporte des livres. Il ne vient pas du village mais de plus bas, dans la vallée. Le petit écoute. Il apprend le mot usine, le mot Staline, le mot Ridgway. Qui doit retourner chez lui. Le livre qu'il préfère c'est *Le Tour de la France par deux enfants.* Et puis, dans un autre, des mots extraordinaires : schooner, yole, mascaret, ressac, misaine, goélands, étrave, brisants... Un monde incroyable où s'étend le grand personnage de la mer. La couverture est très belle, avec un titre en lettres dorées. Il la caresse avant d'ouvrir le livre. Elle a la couleur de la primevère à larges feuilles que Didi, son père, aimait beaucoup. C'était lui, David, qui allait la chercher dans les fissures des rochers. Elle sentait bon dans la maison. Il y a l'inscription « Bibliothèque d'éducation et de récréation ». Et puis le titre *Deux Ans de vacances par Jules Verne*. C'est ça le titre. Il brille un peu quand le soleil éclaire la couverture en carton toilé.

Depuis quatre ans Simon est en vacances. Il ne sait pas très bien ce que c'est. Peut-être les vacances et la guerre c'est la même chose.

Cependant une tache grise s'est déposée en lui. Elle grandit. Elle a la couleur de la poussière, de la blouse du père, des casques, des cris allemands.

C'est une tache qui ressemble à l'ombre de la petite resserre où le père mettait les oiseaux morts, les pieds de cochon, les boudins et les fromages.

Le silence

C'est une tache comme une toile d'araignée. Il a cette toile d'araignée dans la gorge, autour de la langue, au fond même de ses poumons.

Rome, le 2 novembre 1990

Cher Simon,

Je viens de relire votre livre : « Le désarroi, petit silence de laine, balluchon... La partie la plus intime de la vie. »

Et puis ceci : « Fuite et mort. Les deux mots s'épuisent. Un coup je fuis, un coup je meurs. Pas la peine de mourir. »

Je vous l'ai dit, votre livre me touche.

Mais à moi vous n'écrivez plus. Je m'y attendais. Je suis triste de ne vous connaître qu'à travers ce livre qui n'est adressé, en fait, à personne. J'aurais aimé connaître les lieux de votre enfance. J'aurais aimé y aller, marcher là où est votre passé, là où, sans doute, est né votre silence.

J'ai acheté une carte des Alpes françaises. Je cherche les villages, les chemins, l'altitude des refuges, les sommets. Avec le doigt, je prends une route, je m'arrête à un col, je descends vers un hameau.

Le silence

Je vois bien que vous ne répondrez plus à rien. Mais je continuerai à vous chercher. J'ai besoin de savoir qui vous êtes. Vous m'avez déjà écrit que vous ne le saviez pas vraiment. Mais il me semble qu'un jour j'arriverai à vous retrouver.

Livia

Il se lève. C'est un matin d'avril. Misha est partie la veille pour la préfecture. Elle a laissé sur la table ce qu'il faut pour le petit déjeuner. Les tartines sont coupées soigneusement, il y a le beurre, le café, du saucisson d'âne, un oignon ; et le soleil timide vient éclairer le mur jaune de l'église.

Il sait où est l'argent. Enfin, ce qu'elle a pu garder de son frère, caché dans un pot en zinc où elle mettait les lentilles.

Il a pris sa décision. Il ne restera pas dans le village. A côté du pain, il a laissé une lettre pour Giorgio. « Si tu viens ici, Giorgio, tu sauras que je suis parti. La tante te dira. Je n'ai pas trouvé Rita. Cher Giorgio, passe de bonnes vacances. Simon. »

Il part vers la vallée. Douze kilomètres ce n'est pas beaucoup. Et puis l'attente, l'autocar, la petite ville. C'est la fin de la guerre. Dans les trains il n'y a que les traces du malheur, la lâcheté, l'oubli. Ça traîne sur les banquettes avec ce qui reste de soldats, de paysans, de bourgeois satisfaits et vaincus. Des familles se retrouvent, s'étonnent, se disputent. Une atmosphère étrange de mensonge et de liberté. La guerre est finie. Pour certains, elle n'avait jamais commencé.

Il traverse tout cela, indifférent. Il se souvient du *Tour de la France par deux enfants*, mais il est tout seul. Et ce n'est pas la même France. A la sortie de Phalsbourg, dans le livre, on voit les silhouettes pesantes, énormes, des soldats prussiens, devant la porte de France. Et les deux frères, avec leur balluchon au bout d'un bâton. Il a jadis longuement contemplé cette gravure. Il l'a gardée en mémoire et, devant les gigantesques soldats prussiens, il a partagé la peur et la fierté de ces enfants. Mais aujourd'hui il n'éprouve ni l'une ni l'autre. Seulement le désir vague de Paris, dont il entend venir jusqu'à lui la fièvre obscure. Le mot de liberté on ne sait pas où il s'arrête.

Livia,

Je ne vous ai pas écrit depuis longtemps. Je n'arrivais plus à trouver les mots. Je suis un vagabond dans un hangar vide. Je ne parviens qu'avec peine à me protéger. Un jour il y aura une dernière lettre et puis... plus rien. L'écriture d'une lettre c'est une façon de s'accrocher à la vie de l'autre, à son manteau, ses cheveux, son histoire.

Cette nuit j'ai pensé à cet homme qui, au moment de sa mort, a voulu honorer chacune de ses anciennes maîtresses. C'est une histoire qu'il m'a racontée lui-même. Il était riche. Très. Sans doute trop. Chacune de ces femmes devait être compromise dans son testament. Mariées, mères de famille, vieillies ou alourdies, il voulait qu'elles se souviennent. Le notaire eut beaucoup de mal.

L'homme retrouvait dans sa mémoire parfois des prénoms, rarement des noms, presque tou-

jours des corps. Le notaire était encore jeune. Il était stupéfait. Il découvrait une archéologie très précise de l'amour qui peu à peu le passionna.

Il voulut rencontrer ces femmes. Celles que son client appelait « des jeunes filles qui s'étaient abîmées dans la maternité ». La plupart refusèrent de le recevoir. Certaines acceptèrent des chèques d'un montant élevé. Elles ressentaient sans doute une humiliation délicate devant le salaire d'un plaisir dont elles avaient oublié la force ou la dérision. Le notaire était aimable. Les femmes parlèrent à l'homme de loi. Au cours de ces entretiens il prenait des notes et rapportait fidèlement à son client ce qu'il avait vu et entendu. Ce dernier voulait aussi connaître les hommes, les maris, les amants qui l'avaient remplacé, leurs manies, leurs rides, les vêtements qu'ils portaient, les mots qu'ils utilisaient. Ce n'était pas de la jalousie. Plutôt une curiosité dernière, funèbre. Il n'avait pour ces femmes ni reconnaissance ni nostalgie. Un autre sentiment l'envahissait peu à peu : celui de la dispersion. Il avait laissé dans ces corps, dans ces regards, autour d'eux, des parts de lui-même qu'il ne possédait plus. Elles étaient comme détachées de lui. Vous voyez ce que je veux dire, Livia : des morceaux de terre qui tombent dans la mer. C'est ainsi qu'il m'en avait parlé, quelques jours avant sa mort. En se souvenant de ces femmes, en leur rappelant sa mort prochaine, sa mort à lui, il voulait sans doute obtenir leur délicate soumission à une forme d'allégeance prolongée. Quelque chose de posthume qui pourrait lui survivre. Et il me disait tout cela, à moi, le muet ! Probablement parce qu'il savait que je ne lui répondrais pas...

C'était naturellement d'une rare vulgarité. Il apprenait par exemple que certaines de ces femmes l'avaient précédé dans le néant. Elles étaient mortes depuis plusieurs années. Il pensait, quelques jours avant encore, à la vie qu'elles devaient continuer à mener. Elles étaient desséchées, enfouies et voilà qu'un des hommes qu'elles avaient connu avec leur peau, avec lequel elles avaient partagé égarements et tristesses, passions et rendez-vous, bonheurs, cafés, lits et sommeils, ruptures, toutes ces choses, tous ces instants qui restent à la surface de la vie, voilà que cet homme qui allait les rejoindre dans le silence leur adressait un message dont elles ne sauraient rien. Et ce message c'était de l'argent.

Voyez-vous, Livia, la muflerie se mêlait au ridicule. En même temps cela s'accompagnait d'une dernière exigence. Cet homme disait qu'il faut aller au bordel, une dernière fois, lorsqu'un médecin vient vous dire que tout est fini. On choisit alors la plus jeune des filles et si elle sait ce qui vous arrive, elle vous regarde avec un drôle de sourire. Peut-être avec dégoût, peut-être avec mépris, ce mépris qui aide parfois à quitter la vie.

Pourquoi vous raconter cette histoire ? Parce que j'ai compris qu'à l'approche de la mort, ce mélange d'ombre et de peur qu'est l'être humain perd généralement toute espèce de dignité, dans son corps comme dans sa mémoire. Et moi dans tout ça ? Je suis comme les autres.

Il me reste un peu d'énergie. Aujourd'hui je la consacre à lire ce que je n'ai pas lu, ou bien ce que je n'ai pas « bien » lu. En lisant, il m'arrive de pénétrer dans les entrepôts du langage. Il s'y construit parfois d'étranges machines. Le bruit du marteau sur les rivets, le glissement des câbles qui tirent les phrases, se fait entendre au-delà des portes coulissantes. On y sent l'odeur de la rouille qui s'est mise autour des mots. Au fond de l'atelier, il y a « les maigres » : Kafka, Joyce, Céline, Proust... Lorsque j'aurai traversé cette usine, j'organiserai un départ discret, sans trop d'émotion, pour rejoindre une autre forme de silence que je ne connais pas encore. Vous voyez, ce n'est pas très difficile. Je suis né, j'ai aimé, j'ai tué puis je quitterai ma vie par petits arrachements successifs. Sans trop de mal.

Quant à ce que vous me dites sur mon père, sur ma mère inconnue (comme la vôtre), sur mon enfance, je préfère ne pas l'évoquer. Vous comprenez, je pense, qu'il ne faut pas, vous non plus, l'évoquer.

Ne m'écrivez plus, Livia. Un autre moment vient de s'ouvrir pour moi. Je dois me préparer en paix à ce qui va se passer, cette question interminable qu'est le regard d'un humain sur sa propre mort.

Vous, Livia, soyez heureuse comme vous savez l'être. Dans chacun des instants de votre bonheur il y a un peu de la légèreté du monde, un peu de son ironie. A vous toute seule vous portez une part de cet étonnement

Je vous embrasse.

Il arrive à Paris. Les murs immenses qui montent vers le ciel le long des rues, la foule, les monuments, les statues. Il a onze ans. Un policier l'emmène au Lutétia. Personne ne sait ce qu'il fait là ni d'où il vient ni où il va. Les camps ? Peut-être. Il est maigre, il ne parle pas. Il entend ça : « Il a le type juif. » Il ne sait pas ce que c'est, le type juif. De grands squelettes arrivent au milieu des religieuses, des fonctionnaires, des jeunes femmes à chignon. Ils ne parlent pas, échouent dans des couvents, des institutions de charité, quelques familles parfois. C'est une ville de carton-pâte qui ne sait pas si elle doit rire ou pleurer. Les prisonniers, les déportés sont souvent espérés, attendus, accueillis. Pas les enfants. Il n'a aucun papier, aucune parole. Il entend une voix qui dit : « Qu'est-ce qu'on fait des enfants ? »

Le silence

Il se retrouve au milieu des cornettes blanches, des robes de bure bleues, de l'affairement de mamans qui ne l'ont jamais été.

Un jour elles regardent son sexe. Mais il n'est pas circoncis.

C'est alors qu'il prend la décision de ne plus jamais parler. Jusqu'à présent cela s'est fait tout seul, comme un volet qui claque sur un coup de vent. D'un seul coup l'obscurité. Maintenant, c'est décidé, il ne dira plus rien.

Il entre de nouveau dans son enfance. Un refuge que la neige et les fleurs, les Italiens, la louve, Didi le père, les bergers ont construit autour de lui. Il est dans le bois perdu.

Il n'en sortira plus.

Rome, le 1er décembre 1990

Cher Simon, cher fugitif,

Cet homme dont vous me parlez, qui va payer ses anciennes maîtresses, cet autre qui va acheter quelques minutes d'amour auprès d'une gamine, bon ! Pourquoi pas ? On peut les aimer. C'est leur mort prochaine qui me permettrait de le faire. Je les aurais reçus contre moi, le long de ma peau, sur mon corps, je leur aurais donné ce qu'ils voulaient : le lit, le couvert, la tendresse. Même l'argent je l'aurais accepté. J'y aurais vu comme le rappel ou la promesse d'une soumission excusable. J'ose le dire : si vous me demandiez cela, j'accepterais. Et j'ose le dire encore : cet homme-là, c'est vous. Vous me l'avez confié vous-même : ce que nous écrivons dans nos lettres, ce que nous taisons, c'est notre vie désirée, tamisée, cachée... Nous la vivons à travers la lumière prudente ou violente des mots et plus encore vous que moi. Je suis en effet, comment dire... à l'extérieur des mots. Vous êtes, vous, caché à l'intérieur. Camouflé par le tissu de la phrase, la couleur qu'elle prend selon l'amour ou le dédain que vous lui accordez. Je reste étonnée devant cette réalité : vous ne parlez que par l'écriture. Est-ce une parole différente ? Ce sont pourtant les mêmes mots...

D'après ce que j'ai lu au moment de votre procès, vous êtes né en 1934. Vous avez donc cinquante-six ans. Vous n'êtes pas ce vieillard que vous prétendez être. Je suis peut-être sévère mais je crois qu'il y a une complaisance en vous pour votre âge, votre solitude, votre malheur, pour tout ce que la vie comporte de négatif. Je n'aime pas cela, n'y succombez pas je vous en prie !

Tenez, Simon. J'avance à visage à peu près découvert. Je ne cache pas grand-chose. J'ai habité votre livre comme on est dans la maison d'un amant. On reconnaît ses caresses dans l'odeur des chemises rangées, dans le goût du café, dans l'alcool. On entend ses pas de l'autre côté de la cloison et on sait, au bruit qui l'accompagne, ce qu'il est en train de faire.

Je sais que vous ne m'avez répondu que parce

que je vous ai provoqué. Je vous assure que si je vous voyais, je répéterais ce que j'ai écrit. J'en aurais le courage. Mais vous n'êtes plus qu'un fugitif. Vous êtes un disparu, un absent, un effondré... Maintenant j'ai peur pour vous.

Livia

Il y a la prière qu'il ne dit pas. La messe qu'il écoute avec attention lorsque ce mot d'Israël revient dans les cantiques. Le réfectoire où il mange peu. Le dortoir où il rêve. Il y a un garçon de quinze ans qui s'appelle Jean-Baptiste qui l'aime bien. Lui, Simon, il est docile, fait ce qu'on lui dit de faire. Mais c'est un petit animal dit la mère supérieure. Elle fait venir des médecins, des prêtres. Il a peur de cette maman supérieure qui le regarde avec curiosité, qui trône au milieu des cornettes. Les bonnes sœurs savent tout, veulent tout savoir. Elles examinent ses draps, scrutent les taches. Elles disent qu'il n'est pas juif, qu'il peut manger du porc, comme tout le monde. Presque toutes les nuits, il se réveille. Son rêve est toujours le même : il voit un Christ aux yeux bandés. Des soldats qui dressent leurs fusils. Et le Christ glisse avec un étrange sourire sur les lèvres. Il tombe de sa croix. Il est allongé sur la terre. Son ami Jean-Baptiste est là. Il le réveille, le calme. La surveillante, une grande maigre lui donne un chapelet, s'agenouille auprès de lui. Le rêve revient alors avec des formes différentes et tout est blanc dans sa nuit.

En grandissant il devient l'homme à tout faire. Il balaie, épluche les légumes, apprend le latin, traverse les couloirs, on ne le voit même plus, on ne le regarde pas, il ne pleure jamais. C'est une ombre qui sort le soir, disparaît dans la ville, revient à l'aube, fait ce qu'on lui demande sans rechigner. On lui a laissé les clefs du jardin qui donne sur une petite rue. C'est le Paris d'après-guerre. Les enfants jouent sur les trottoirs, il y a des sacs de bois devant les bars, une odeur d'urine et de charbon, le métro grince et les affiches de Dubonnet recouvrent les murs souillés.

Personne ne lui pose de questions. Il a, comme les arbres du cloître, comme les images de pierre dans la chapelle, le statut d'un silencieux. A côté, autour de lui, glissent et se frôlent les robes, les cornettes, les chuchotements. Il lit tous les livres. Ça ne cesse jamais. Ceux de la bibliothèque du couvent :

vies des saints, Pères de l'Eglise, Claudel et saint Augustin, éléments de doctrine catholique, traductions de la Bible, encycliques... Et puis tous les autres, ceux qu'il vole à l'extérieur et qu'il cache soigneusement : les Céline d'avant-guerre, les poèmes de Genet, la prose du *Transsibérien,* livre édité en 47 par Denoël, Rimbaud et Aragon, Renan...

Il est dans les livres, dans la glace des mots gelés, dans leur chaleur aussi. Bouleversé par Cendrars, il avait écrit, collé au fond de son casier : « J'ai passé mon enfance dans les jardins suspendus de Babylone... »

Un jour simplement il s'enfuit. On est en 1955, il a vingt et un ans.

Antoine LOUVET
Editeur
à
Mademoiselle Livia LEPERREUX
14 viale dell'Università
ROME

Paris, le 10 janvier 1991

Madame,

Vous avez écrit, à travers la maison que je dirige, un certain nombre de lettres à M. Simon Leibowitz, auteur du livre *Fuite et fin*.

C'est donc par mon intermédiaire que cet auteur a correspondu avec vous.

Cet arrangement, qui est de pratique courante dans les relations entre auteurs et éditeurs, revêt un caractère particulier pour ce qui concerne M. Leibowitz. En effet, ne s'exprimant pas oralement, ce dernier ne souhaite pas que son adresse soit communiquée. Il a adopté, en outre, vous ne l'ignorez pas, une attitude de grande discrétion sur son œuvre et sur sa vie.

J'ai scrupuleusement transmis à M. Leibowitz les lettres que vous lui avez adressées et auxquelles – m'a-t-il confié par écrit – il a généralement répondu.

Par une correspondance récente, M. Leibowitz me demande de ne plus lui faire parvenir les documents que je serais susceptible de lui adresser. Quels qu'ils soient. Je suis naturellement lié par cette exigence et tenais à vous en informer. Je retournerai désormais à votre domicile, à Rome, les courriers que vous auriez souhaité lui envoyer.

Je vous prie d'accepter, Madame, avec mes hommages, l'assurance de mes sentiments dévoués.

Antoine Louvet

N.B. : Monsieur Leibowitz m'a demandé dans le même temps de vous faire parvenir les photos ci-jointes, ce que je m'empresse de faire.

Elles sont accompagnées de plusieurs lettres contenues dans une grande enveloppe dans laquelle M. Leibowitz a probablement voulu abandonner certains textes et objets qu'il ne souhaitait plus conserver mais qu'il voulait vous confier.

Depuis plusieurs semaines M. Leibowitz s'est retiré loin de Paris. Il ne m'a pas communiqué son adresse. Je regrette de ne pouvoir vous aider davantage.

II

JOURNAL DE LIVIA

Rome, 25 janvier 1991

Ce petit cahier sera désormais mon journal. Je consignerai ici ce que j'ai aimé, ce que j'ai regretté ou espéré. J'ai glissé au début de ces pages la dernière lettre de Simon. Elle accompagne mes propres lettres. Je suis surprise, émue qu'il les ait conservées jusqu'à aujourd'hui. Je ne sais pas pourquoi il a voulu me les donner. Sans doute l'approche de la mort l'a-t-elle poussé ainsi à se séparer de ce qui restait de lui. Ou peut-être de moi. Je comprends bien que la lettre que je joins à ce journal n'est pas comme toutes les autres. Les précédentes m'étaient destinées. Celle-ci semble écrite pour lui-même et à lui-même. Une lettre dont je ne serais que le témoin muet. Le dernier témoin. Il a transféré sur moi son silence. Comme s'il m'en avait confié la garde. Ce n'est pas tellement l'éditeur qui me transmet cette lettre. C'est plutôt le Temps, l'indifférence du Temps à qui Simon donne une sorte de mandat – bien légitime – pour que tout s'anéantisse.

Je suis devant un vide. L'homme dont j'avais voulu surprendre l'existence et la fuite s'est évanoui. Cette lettre est sa dernière décision de rupture. Il y a eu le langage que l'on efface devant soi. Il s'en est lavé. Il y a eu la correspondance que l'on arrête. Il l'a jetée au loin, fanée déjà. Et puis il n'y a plus rien.

« *J'écris ceci dans le souvenir d'une jeune femme qui s'est appelée Livia. Elle trouvera peut-être dans ces morceaux de papier, aussi dérisoires que l'ont été les vêtements que j'ai portés, les autres lettres que j'ai écrites, elle trouvera la trace éphémère du passage d'un homme. Elle, c'est la dernière femme. Une inconnue. Comme elles le sont toutes.*

J'aurais aimé savoir parler de la vie ainsi qu'elle a pu le faire elle-même. J'écris le mot "parler" et à chaque fois que je le fais, je me demande si ce mot de parole n'est pas, au fond de moi, comme un homme en exil. Il pense à sa patrie et il ne sait pas très bien de quoi il est loin. Mais il sait qu'il est loin. Cette distance est une plainte dans son corps.

Souvenir d'un jour de printemps. Je prends l'avion pour la première fois. Muni d'un carnet à spirales, j'exprime par écrit, lorsque c'est nécessaire, ce qu'il me faut savoir. Mais je remarque vite que je n'en ai pas besoin. Tout est indiqué, fléché, ordonné, répété à longueur de couloirs, de halls, de passerelles, de tubes où l'on s'engouffre sans parler... Il suffit d'obéir aux ordres.

Je m'assieds. Mon corps est immobile, à l'écart de la foule. La carte d'embarquement est dans la poche gauche de ma chemise, exactement à l'emplacement du cœur. Je m'aperçois que le petit morceau de papier, carton très léger traversé sur une face par une bande magnétique de couleur brune, vibre à chaque battement de mon cœur. C'est la première fois que je prends l'avion. Et c'est en même temps la première fois que je vois, à l'œil nu, mon cœur agiter quelque chose qui lui est étranger.

Devant moi, un peu plus bas, de l'autre côté de la verrière : de grands avions blancs dont le nez brille au soleil. Ils engloutissent passagers et bagages, rejettent hommes de piste et mécaniciens, conducteurs de passerelles, livreurs de repas. Tout autour d'eux, une petite foule s'affaire, comme auprès d'un Gulliver dont il faudrait rompre les liens, remplir le ventre, libérer la force immense qui repose là, sur le sol.

Je m'occupe à garder mon torse aussi immobile que l'est l'avion devant moi. Et je regarde le petit morceau de carton qui bat faiblement : une aile de papillon à peine posée, un pétale de fleur, l'un et l'autre égarés sur ma peau, cherchant là peut-être à survivre, refusant l'acier, le verre, les écrans bleus, les injonctions du haut-parleur.

Ce sont des ordres doux qui couvrent cet empressement. Il n'y a, au-dessus de la foule, aucune parole d'homme. Seulement des voix suaves de femmes qui ont devant elles – je suppose – des micros comme des sexes dressés. Vêtements bleus des hôtesses dans lesquels ondulent des corps blasés. Erotisme du départ. Les retards eux-mêmes sont des petites histoires dans lesquelles passent le temps, les minutes, les oublis et les souvenirs. Quelque chose, dans la nature même de cet univers, annonce la présence à venir des humains, là-haut, très loin derrière les nuages.

Certains avions reculent avant de s'élancer, poussés par une force minuscule, mystérieuse, insistante. On dirait qu'ils renoncent. Je m'endors.

Je vois des chats. Ils sont assoupis sur les caisses

enregistreuses derrière lesquelles, jadis, s'asseyaient les hôtesses. Chats et odeurs. Morceaux de plâtre au sol, ferrailles. Des hommes en longues robes à même le sol. Il y a un vieillard accroupi, enfermé dans un long visage noir. Il regarde monter la vapeur d'un thé, les yeux mi-clos. Il chante tout doucement. Un murmure plutôt, une mélopée.

A travers les vitres brisées viennent les souffles chauds, parfumés, de l'été. L'autoroute qui mène à l'aéroport s'est effondrée. De longues crevasses la traversent. De hautes plantes bougent lentement dans la palpitation de la lumière.

Je vois les avions couverts de rouille, de lianes, de traces de pieds nus sur les ailes. Des enfants sans doute. Dans les carlingues se sont réfugiées des femmes brunes. Leurs dents blanches, leurs rires dans la nuit. Sur la piste de petits braseros brillent doucement. Il y a des odeurs de poissons. L'un des chats est venu jusqu'à moi. Il s'est blotti contre mon sexe dont il a senti sans doute l'odeur un peu âcre, la douceur molle. Il ronronne.

Je me suis réveillé et j'ai été certain – d'un seul coup – qu'il n'y avait rien à comprendre. Vieillir et dormir c'est la même chose, c'est renoncer à comprendre.

Ces derniers mots sont là pour conclure un échange qui, pour moi, n'a plus de sens.

Je n'ai posé aucune question sur elle, dans mes lettres, sur son âge, son travail, ses goûts, ce qu'elle appelait ses "tiroirs". Je veux qu'elle sache que personne n'est propriétaire de sa vie. Nous sommes nés pour en être dépouillés.

J'ai, par la force des choses, été confronté à – au moins – une dizaine de psychiatres. Je n'ai jamais, devant eux, prononcé un seul mot.

Maintenant c'est fini. Je cesse aujourd'hui d'écrire quoi que ce soit. A présent le temps est plus fort que moi. Jusqu'ici c'était comme une série d'escarmouches. Je les gagnais, je les perdais... Maintenant la bataille est finie et je sais que je l'ai perdue. »

Rome, le 3 février 1991

Lire ce que j'ai lu – avec passion – l'an dernier, retrouver ces lettres me procure un sentiment étrange. Pourquoi suis-je allée si loin ? Si loin dans la vie de cet homme ? Pourquoi l'ai-je quasiment forcé à me répondre ? D'où vient cette insistance ?

Ce qui m'a touchée dans son silence, c'est que j'aurais pu le partager. C'était déjà une tentation de petite fille : la recherche d'un absolu, le refus du compromis, l'exigence d'une virginité insolite...

Je n'ai pas suivi cette voie lorsque j'ai compris qu'elle pouvait me conduire aux limites de l'absurde, au dégoût même de la vie qui n'est qu'un compromis permanent.

Autour de cette question, je me suis plongée dans l'histoire de la Résistance. Qu'est-ce qu'elle signifiait en France, en Italie ?

Le fascisme italien, régime de la « mâchoire » comme on disait alors, était un cauchemar douloureux et burlesque. Mais il n'était pas perçu de cette manière par une majorité d'Italiens qui y adhéraient ou y consentaient. Jusqu'à ce que la guerre devienne « la guerre d'un parti », la guerre de Mussolini et la guerre des Allemands, jusqu'à ce qu'elle ne soit plus, en aucune manière, la guerre du peuple italien.

La Résistance française s'est établie, quant à elle, sur une extraordinaire humiliation. Elle n'a rassemblé qu'un très petit nombre de femmes et d'hommes. Eux-mêmes déchirés.

Dans les deux cas, surtout à partir de 1942, 1943, s'est posée la même question : qu'est-ce que l'on accepte, qu'est-ce que l'on refuse ?

Et moi, aujourd'hui : qu'est-ce que j'accepte du monde tel que je le vois ? Le fric ? Le rire et l'ironie ? L'oubli ? La bêtise ? Le simple jeu du plaisir ? Le sexe ? La mode ?

Où est-il mon compromis ? Où se cache-t-il ?

J'ai été soumise aux codes idiots de mon enfance : mentir, prier, pleurer. Toujours mentir, prier, pleurer. Il fallait cela pour que passent l'enfermement et la discipline. La ruse m'a aidée mais je ne me suis pas enfuie, je n'ai rien brûlé. On me le disait tous les jours dans les prières, je devais être coupable...

Simon, lui, d'un seul mouvement de tout son être a refusé le langage. Celui de tous les jours. Celui de tous les hommes. Il a lutté par la seule force de son silence. C'est cela qui m'a fascinée. Je comprends maintenant que ce n'était pas une dérobade. Je comprends maintenant que la mort du père n'était pas n'importe quelle mort. Elle était aussi liée, d'une façon à la fois mystérieuse et réelle à la Résistance.

Je viens de recevoir ma deuxième année de bourse à l'université. Je vais économiser un maximum pour pouvoir tenir encore un an...

Tout à l'heure, un des étudiants s'est moqué de moi. Il m'a dit que j'étais habillée « n'importe comment »... C'est possible. Je ne suis pas très attentive à cela, et surtout je n'ai pas les moyens. C'était un Français ! Pas un Italien... Il a rectifié ensuite en assurant qu'il aimait bien « les cuisses bleues des filles ». Il parlait du blue-jean que je porte si souvent. Bon. Tout cela c'est ma petite vie quotidienne, sainte, apostolique et romaine...

Je reviens sur mes questions autour de la vie de Simon L. C'est difficile pour moi de séparer mes recherches comme historienne et ma curiosité étrange pour le parcours de cet homme.

Mon prof est d'accord sur un projet de thèse qui porterait sur « Les Italiens dans la Résistance française ». J'ai réussi à le convaincre. Il se méfie de ma tendance, en histoire, à ne parler que des gens eux-mêmes, de leur passé, de leur caractère, de leur parcours. C'est un marxiste. Je travaille sur les M.O.I., la main-d'œuvre immigrée. Ceux qui ont pris les coups les plus rudes pendant l'Occupation.

Le ciel est traversé par les cyprès, le matin. Il ne se blesse pas, ne s'écorche pas sur ces pointes noires. C'est moi qui le suis devant tant de beauté.

Rome, le 21 février 1991

Toujours la même chose. Je décide d'écrire un journal quotidien et je reste deux semaines à rêver, la plume en l'air ! Je n'ai pas vraiment envie de travailler.

Dans la résidence il y a un type qui est disposé à m'aider pour ma thèse. Je lui en ai parlé hier soir, à la cafétéria. Son père habite Turin. Il était résistant dans les Alpes du Sud. Le fils a un beau prénom : Ignatio. Il est assez timide. Pas vraiment beau mais avec un regard de myope particulièrement doux. Je crois que les myopes ne voient pas l'univers comme les autres humains. Ils le voient incertain, ouvert à toutes sortes de possibles. Il y a du doute dans leurs yeux, loin des certitudes et des sauvageries du monde. Ignatio est étudiant en lettres. Il écrit des poèmes que j'aime bien. En italien et parfois en français

Demain, il m'apporte des livres. Il m'a dit :

« Pavese. » Mais je pense trop à Simon pour que l'on me parle de cette tristesse italienne qui mène au suicide.

Rome, 25 février 1991

Ces photos de Simon, je les scrute, les tourne et les retourne. J'ai l'air d'une cartomancienne qui veut faire parler des images. Sur l'une d'elles il y a une église de campagne. Elle est ronde, ramassée sur elle-même comme c'est souvent le cas à la montagne. Un petit clocher couvert d'ardoises taillées, une entrée romane, un arc-boutant sur le côté droit, un jardinet... Il doit y en avoir des centaines comme celle-ci du côté où Simon a passé sa jeunesse.

J'ai montré les photos à Ignatio. Je lui ai dit que je faisais une sorte d'enquête et il me propose de m'emmener prochainement, dès que le temps sera meilleur, vers la frontière française, dans les montagnes. Il peut me trouver des documents sur la Résistance italienne.

Ce serait bien si nous pouvions échapper un peu à la vie universitaire.

C'est un drôle de type. Il porte des lunettes, une veste de velours, un vieux pantalon. Plutôt l'allure des années soixante. Il a d'ailleurs évoqué en riant sa date de naissance : le 21 mai 1968 ! J'aime bien son air décalé. Et puis, il est plein d'une bonne volonté désarmante. Et sans doute aussi d'un désir pour moi qui ne me déplaît pas vraiment.

Le printemps a envahi Rome, le Pincio, les jardins de la villa Borghèse. Quel bonheur ! Il fait encore frais mais le ciel au matin a la couleur des minuscules bourgeons apparus ces jours derniers, entre vert et gris, quelque chose de très léger qui me pousse à sourire. C'est la douceur d'une eau claire dans laquelle on aimerait plonger la main.

2 mars 91

Je vais à la cantine universitaire. Il y a beaucoup de bruit mais c'est assez gai. On s'interpelle, on drague, on échange des livres, des projets...

Ici, la vie est plus amusante qu'en France. Je

suis très courtisée. Mais « à l'italienne », avec une espèce d'aplomb, de machisme qui me fait rire. C'est Casanova tous les jours. Il y a deux autres Français qui m'évitent soigneusement. Je m'en fous, ils ne sont pas beaux.

Le soir, je pense aux parents que j'aurais aimé avoir. On ne m'a jamais dit comment ils étaient morts. Ou simplement disparus, évanouis, en dehors de tout amour. C'est également ce qui m'avait rapprochée de Simon, cette obscurité des origines : mes parents disparus, sa mère enfuie... Lui et moi nous avons vécu dans la confrérie des orphelins, une petite tribu. Simon avait écrit dans son livre, en évoquant l'idée de la fuite : « Une compagnie de perdreaux lâchés à quelques mètres des fusils... »

Moi, je n'ai pas trop envie d'avoir des enfants. Le soir, Ignatio me rejoint dans ma chambre. C'est interdit mais nous sommes en Italie...

Pour lui faire plaisir, j'ai commencé Pavese. Je voulais lire *Le Métier de vivre*, mais il m'a demandé de commencer par les poésies. *Travailler fatigue*, ça me plaisait comme titre. Je l'ai lu sous l'œil vigilant d'Ignatio. Mais très franchement je préfère Buzzati, ou Calvino.

3 mars 1991

Serge Gainsbourg est mort. Nouvelles de France, d'un monde que j'ai quitté mais qui reste encore en moi comme une source. Je n'ai pas essayé de faire en sorte qu'elle se tarisse. Elle s'est arrêtée de couler. C'est tout.

Gainsbourg a été pour moi une voix ironique et blessée. Je l'ai sentie parfois vivre, parler ou chanter à ma place, cette voix. Mais je l'ai rarement aimée. J'ai dit à Ignatio que ce qui m'importait, dans le monde d'aujourd'hui, c'était le goût de l'insoumission. Non pas celui de la révolte présentée comme un spectacle.

28 mars 1991

Aujourd'hui nous avons fait l'amour d'une façon incroyable.

Une toute petite auberge, la fatigue de la route, le sommeil. Au milieu de la nuit Ignatio s'est réveillé. C'était bon, son sexe en moi, sa chaleur tiède, humide. Je crois que j'ai griffé son dos. L'envahissement, puis la paix. Tout mon corps ensuite dans le repos, la gratitude. Nous sommes retournés chacun vers la nuit. Et puis il y eut la très lente apparition du matin – le froid. Les volets qu'on ne veut pas ouvrir. Nos corps nus. Se frotter avec les mains, les cuisses, les langues, les pieds, les cheveux.

J'aime l'amour. J'aime aujourd'hui me déshabiller devant un garçon. Tous ces tissus inutiles qui tombent, les frissons qui attendent la caresse des mains, l'abandon.

Dimanche

Je reviens de Turin. Nous nous sommes promenés malgré le froid qui glace les rues. J'ai mangé des chocolats aux noms bizarres : le *giandujotto*, le *bicerin*, qui veut dire « petit verre » en piémontais, la *crema gianduja*... J'ai passé des heures à la bibliothèque municipale pour consulter les journaux de 1943, 1944. J'ai pris des notes, examiné des cartes militaires sur le tracé de la frontière avec la France, copié les différentes résolutions du P.C.I... Ignatio, lui, est allé voir son père.

Simon est probablement mort. Un jour, comme ça, par hasard, je l'apprendrai. C'est bête. Moi je me sens de plus en plus vivante. Je ne pense pas à la mort. Je pense à l'instant qui s'épanouit en moi chaque matin, à la beauté des jours, aux livres, à la mer. Je suis bien dans ce monde de pages et de sable, dans ces discussions interminables des cafés où l'on se retrouve avec les copains d'Ignatio. Ce sont des littéraires et ils s'enflamment sur des auteurs que je ne connais pas. Je suis italienne. Comme j'ai recommencé à mettre une jupe, Ignatio me caresse parfois sous la table. Nous rions.

Chaque matin les couleurs roses et jaunes défraîchies, le vert des volets, les fruits, l'odeur de l'eau sur les trottoirs des marchés. C'est Rome !

Je crois que mon prof se fout complètement de ma thèse. Mais il faut que j'obtienne ce diplôme. Après je resterai en Italie. J'en ai parlé à Ignatio. Je ne crois pas l'aimer assez pour vivre avec lui. Mais il m'amuse et me rend indulgente avec les hommes. Quand j'enlève ses lunettes, il est perdu. Il se laisse déshabiller, il ne sait plus ce qui lui arrive. Je suis devenue plus forte que lui.

12 avril 1991

Nous sommes allés au café Palombrini, au sud de Rome. C'est mon anniversaire. J'ai vingt-six ans ! Il fait bon. Je nage dans ma vie, je la laisse couler le long de mon corps, je suis vivante. Ignatio m'a offert des lunettes de soleil. Dans la rue les garçons me regardent. Ils ne s'aperçoivent pas que moi aussi je les regarde. J'ai fait couper mes cheveux. Je suis libre. Il me semble que je ressemble à cette actrice qui vendait des journaux sur les Champs-Elysées. Un film de Godard. Jean Seberg, je crois.

13 avril

Travail. Au fond j'aime bien travailler. J'ai passé toute la journée dans ma petite chambre, avec sa fenêtre qui donne sur un parking, près de la gare principale.

Maintenant la nuit est tombée. J'ai dit à Ignatio que je ne voulais pas sortir. Il est un peu fâché. Tant pis.

J'ai regardé l'une des photos de Simon. Une nouvelle fois mais attentivement ! C'est un enfant avec un gros chien. Ils sont enlacés. L'enfant est beau. C'est un garçon mais il a un visage un peu féminin avec une grande douceur dans le regard, des boucles. Son bras est posé sur le dos du chien et il regarde gravement la personne qui a saisi cet instant. Derrière lui, un homme en blouse. On dirait un instituteur. Un peu sévère. Son sourire est figé. On pourrait penser qu'il se force. Il y a quelque chose comme une attente dans cette photo. Je ne sais pas pourquoi, c'est le sentiment qu'elle me donne. On voit le bas d'un rideau fait de petites boules de bois attachées les unes aux autres. Ces rideaux que l'on posait jadis à l'entrée des fermes et qui, l'été, protégeaient des mouches et de la chaleur.

Pourquoi Simon a-t-il voulu se débarrasser de ces images-là ? Que veut-il que j'en fasse ?

18 avril 1991

Balade en voiture à la plage de Frégière. C'est à une vingtaine de kilomètres de Rome. On ne peut pas se baigner. La mer est trop froide. Mais le temps est clair et vivant.

Je n'ai plus aucune nostalgie de la France. Je regrette seulement de n'avoir plus personne à qui écrire. Depuis plusieurs années j'ai rompu toute correspondance avec les filles que j'ai connues à l'orphelinat. Une des sœurs, cependant, m'écrit régulièrement chaque 15 août, la fête de la Vierge ! Je n'ai aucune nouvelle de Simon. Je relis parfois son livre et je pense à l'une de ses phrases : « Ceux qui poursuivent, bien sûr, s'enfuient eux-mêmes. » Je dois être dans ce cas-là... Tant pis !

Ignatio me pose des questions sur mon enfance et sur ceux qui auraient pu être mes parents. Ces questions, pour moi, c'est comme si l'hiver était revenu. Je lui dis que peut-être je ne lui suffis plus. Qu'il lui faut autre chose : des gens, des paysages, des souvenirs, un passé, une famille... Je me referme sur moi-même. Je n'ai plus envie de parler.

Hier, il a évoqué son père Giorgio. Un vieil

homme qui vit dans une petite chambre, tout seul, fatigué, infirme, à Turin. Il a parlé longuement de son enfance et je ne l'ai pas interrompu. Le père, c'est un Italien des Abruzzes, un ancien ouvrier agricole. Emprisonné par les gens de Mussolini, il s'était ensuite engagé très jeune dans un maquis en France. Ignatio n'avait entendu que ses oncles parler de cette époque. Le père, lui, ne disait rien. Mais pour les oncles, c'était comme une légende, cet homme qui combattait dans les Alpes françaises, en dehors de toute hiérarchie, sauf celle de la haine. Elle mettait en première ligne les Allemands. Il pensait qu'ils avaient dans leurs cœurs le nazisme comme une sorte de maladie génétique. A la fin de la guerre on parlait de lui avec respect. Une certaine crainte aussi. On le considérait comme un chef de bande, un homme d'un autre siècle. Toute la jeunesse d'Ignatio s'était passée dans l'admiration d'un père, le respect de son engagement politique.

Ignatio me suggère : « Tu devrais rencontrer mon père pour ta thèse. Peut-être il te parlera. Il sait beaucoup de choses. » Sur l'une des photos de Simon, le regard d'Ignatio s'est longuement attardé : elle est un peu floue et au deuxième rang certains visages n'apparaissent pas clairement. Devant le groupe on voit le même personnage que celui qui pose à côté d'un enfant et de son chien, devant le rideau à petites boules. Il est au milieu de ces jeunes hommes mal rasés, farouches et rieurs. Deux d'entre eux ont un tricot de corps blanc. On voit les muscles des bras. Ils ont tous des casquettes. Ignatio me dit, avec une douceur énervante : « Tu devrais rechercher, pour ta thèse, ce qui s'est passé dans ce coin-là... »

Je ne lui ai pas répondu. J'étais troublée.

Rome, 15 mai 1991

L'année dernière la Mafia a tué près de 1 200 personnes dans le sud de l'Italie... C'est ce qu'annonce la presse d'aujourd'hui. Est-ce que je ne suis pas en train de me tromper d'histoire ? Si j'étais plus sensible à l'actualité, c'est sur ce sujet que je ferais ma thèse. On commence par une mafia et on finit par une dictature... C'était l'idée de mon professeur.

Mais il se trouve que l'actualité ne m'intéresse pas. Du moins comme sujet d'analyse. Elle n'est pour moi qu'un éclatement de faits sans lendemain. Une sorte de feu d'artifice qui disparaît aussitôt et laisse comme seule réponse la profondeur du soir...

Il m'a toujours semblé que l'Histoire, c'était autre chose. La violence dont elle est chargée est plus profonde que celle de tous les faits-divers réunis. Les mafieux n'ont pas d'uniformes, ils ne défilent pas dans les rues, ils ne brûlent pas les livres... Les nazis ont été une mafia, au début. Mais ensuite, c'est le peuple entier qui est devenu une organisation criminelle.

Lorsque Mussolini fait assassiner, en 1924, le député socialiste Matteoti, lorsqu'il supprime la liberté de la presse, deux ans plus tard, et interdit les partis d'opposition, lorsqu'il crée les organisations paramilitaires et embrigade la jeunesse dès l'âge de quatre ans, il n'est plus simplement un petit délinquant ridicule. Ce qu'il veut, c'est passer du crime individuel au crime collectif. Et c'est alors qu'il m'intéresse, l'ancien socialiste...

Rome, ce 17 mai

En France, une femme vient d'être nommée Premier ministre. On dit que c'est la première fois. Comme le temps est long à se mettre en route ! On a l'impression que ce sont les humains qui le retiennent, s'arc-boutent, ne veulent pas qu'il s'écoule, change de lit comme un fleuve, traverse d'autres paysages. Mais c'est une information sans réelle importance. On ne sait pas où va le temps. C'est ça qui me fascine.

Ce que j'aime dans l'Histoire, ce n'est pas ce qui apparaît avec le plus d'évidence. C'est ce qui est souterrain, imperceptible, incertain.

La nature nous enseigne la réalité des événements humains : des fourmis noyées par une averse.

Rome, ce 18 mai 1991

La semaine dernière, Ignatio m'a emmenée voir son père. Nous avons pris le train pour Turin. Je n'avais pas très envie. Mais il a insisté : il est passionné par l'Histoire et surtout par la guerre, la Résistance.

Nous sommes arrivés devant un grand immeuble gris et sale. Nous avons monté un escalier qui n'en finissait pas. Des odeurs de cuisine. Des enfants. Et puis le vieux dans un fauteuil, endormi derrière des lunettes brumeuses. Il se réveille et se laisse embrasser. Il est maigre. Il se met à fumer. L'âge est indéfinissable, le regard aussi. Il vient de loin, il sort de sa tombe, le père. J'étouffe, la chambre est encore chauffée. Le bleu de la fumée reste à mi-hauteur, comme un voile. Il recouvre nos paroles, nos gestes. Il y a une femme, une voisine, qui apporte du café, des mauvais biscuits. Je ne sais pas pourquoi je suis là. J'ai envie de faire l'amour, brusquement, avec Ignatio. Nous sommes assis tous les deux sur le petit lit étroit, face au père.

Ignatio raconte mon projet de thèse, parle des nos études, de Rome. Le père n'aime pas Rome. Il n'y est jamais allé. Il dit qu'il n'a jamais pu faire d'études, que nous avons de la chance. Des banalités.

Qu'est cc qu'il y a d'un père, de son sang, de ses rêves, de ses amours, dans le corps d'un fils ? Qu'est-ce qui s'est transmis exactement ? Ignatio ne ressemble en rien à ce qui reste de cet homme-là, au seuil de la mort. « Giorgio, demande doucement Ignatio, parle-nous de la guerre. » J'entends la voix de mon homme à moi, de mon amant, de mon jeune amant, dans la fumée. Je me suis assoupie sur son épaule. Giorgio devient, l'espace d'un instant, un bébé à tête de vieillard. Mon rêve se mêle à la réalité grise de cet homme écrasé.

Je me réveille. J'ai envie de partir. Ignatio me dit : « Tu as oublié la photo... montre-lui la photo... » Je me lève, pose la photo sur les genoux de Giorgio et puis je fais la jeune fille enjouée, légère. Je veux chasser la fumée, quitter cette chambre, dégringoler l'escalier. Dans le Turin-Rome, ce soir, j'irai faire l'amour dans les toilettes avec Ignatio. J'ai besoin de son désir. C'est ce qui me rattachera à la vie, à ma jeunesse, à tout ce qui m'a été caché. J'embrasse Giorgio, sa joue mal rasée, sa vieille peau. J'ai oublié la photo sur la couverture qui lui protège les jambes. J'entends la voix, peut-être la mienne, la voix d'une femme qui dit : « Le train, nous allons manquer le train. Il faut partir. » Et je me sauve, suivie par Ignatio inquiet, désorienté.

En arrivant à Rome, nous avons parlé de ce que Giorgio avait dit. Ce n'était pas toujours très cohérent. Mais on sentait comme un veuvage, la nostalgie d'une passion. Le souffle qui le maintenait encore en vie devenait plus court. Il était haché. Comme s'il fallait, avant qu'il ne s'épuise, multiplier les images et les souvenirs. Il parlait de la bourgeoisie, de la petite bourgeoisie qui avait basculé dans le fascisme parce que c'était « sa maison naturelle, son domicile ». Ce sont ses mots. Il évoquait la montagne non comme un refuge ou une fuite mais comme un effort physique, mental, politique pour maintenir une forme de dignité ouvrière, un sacrement. Si la montagne et la France portaient en elles – toutes les deux réunies – ce refus de la soumission, alors il fallait y être. Bien sûr, c'est moi qui traduis. Il ne le disait pas de cette manière mais je me souviens : ses phrases, même confuses, étaient plus belles que les miennes. Il parlait des Allemands d'aujourd'hui avec une sorte d'ironie. « Ils sont dans l'Europe, hein ? C'est bien ce qu'ils voulaient ? Mais c'est trop tard maintenant. Mussolini, c'était un exemple pour Hitler ! L'Italie aujourd'hui, ce sera jamais un exemple en Allemagne. On fait tout de travers, ici ! » De cette confusion émergeaient des souvenirs, des images que la vieillesse n'avait pas réussi à ternir. Il parle d'un gitan : « Quand il marchait, on ne l'entendait pas. Il ne pesait rien ce type. Il aimait tuer, ça c'est vrai ! C'était une fête pour lui. Vous comprenez : il sortait d'un camp de concentration en Roumanie ! Il fallait qu'il regarde le soldat allemand dans les yeux avant de l'égorger. Après, il ouvrait le ventre et il y glissait une grenade. Elle était coincée sous le ceinturon. Ça pétait à tous les coups, dès qu'on y touchait. Quand ils ont compris, les Allemands, ils ramassaient même plus leurs cadavres ! »

Voilà ce qui s'est passé. Ce journal, il sert à dire ce qui s'est passé, ce que j'ai entendu ou compris. Des moments de temps que j'accroche à la vie des autres comme des médailles.

Rome, ce 26 mai
Dimanche soir

Avec Ignatio. Derrière nous, une petite auberge au bout du quai. Les voix s'allument avec la nuit, elles sont vives, rieuses, elles ont tous les âges de la vie. Les gens entrent et sortent comme sur les planches d'un théâtre. On pense qu'ils vont peut-être chanter. Au bord de la jetée les barques, les bateaux, les fanions sur les mâts, les cordages dans l'eau bougent lentement, à l'image de ces femmes qui attendent qu'on les invitent à danser. Le mouvement de l'ombre et de la lumière les rend lascives, indécises, au bord du désir. Les enfants courent, crient, se poursuivent et s'échappent. J'ai l'impression que l'Italie c'est l'enfance des adultes.

Rome, 28 mai

Ma thèse avance. Mais je devine qu'il faudra travailler encore longtemps...

Aujourd'hui il fait très chaud. C'est venu

brusquement. Nous avons discuté longuement avec Ignatio, les pieds dans l'eau d'une fontaine. On ne peut pas le faire piazza Navone, ni à la fontaine de Trévise. Il y a trop de monde. Nous sommes allés au palais vénitien. Il y a une statue du Doge qui surplombe l'eau. Il a la tête légèrement penchée et montre avec douceur une sorte de bague, comme s'il allait la jeter dans le bassin. Ignatio me dit qu'il s'agit du don de l'amour à la mer. Nous restons dans le calme du jardin comme deux enfants. Ignatio parle de ce que représentait la montagne pour les Italiens antifascistes. Un lieu de purification, une symbolique du dépassement de tout ce que l'Italie charriait alors comme compromission, lâcheté, ridicule. Il me dit : « Tu sais, dans la montagne les choses étaient claires. Tu comprenais ce qui se passait : tu étais d'un côté ou de l'autre. Tu ne pouvais pas être à mi-chemin : un peu pour les uns, un peu pour les autres. » Je sais aussi qu'il veut retrouver, en tâtonnant sur les mots, l'idéal d'un père dont il mesure avec effroi le lent mouvement vers la mort.

J'ai fait ça, aujourd'hui : surmonter mon désir d'enfance. Comme ça, en regardant l'eau dans laquelle on a vu glisser, vers le soir, le reflet des façades rouges du palais mêlé aux plantes aquatiques, à la couleur orangée des poissons qui tournaient sans cesse autour de la statue.

Mes souvenirs sont restés capricieux, insolites. Ils se chevauchent sans cohérence. Des rêves, des désirs. Pas beaucoup de réalité. La monotonie de l'orphelinat, les vacances qui n'en finissent pas, l'infantilisme des bonnes sœurs. Les garçons dont il faut dérober les baisers entre deux surveillances...

Rome, ce 5 juin

Déjeuner à la pizzeria Remo, piazza Testaccio. C'est l'été maintenant. Déjà l'été. La chaleur, la poussière... Dans la bouche, sur la peau, le désir permanent de la mer.

Mais il faut travailler et je travaille. Les différentes bibliothèques de Rome n'ont plus de secrets pour moi. On m'y accueille souvent avec sympathie (quand elles sont ouvertes... ! Ce qui n'est pas toujours le cas...), on me conseille. Aujourd'hui, deux documents sur l'année 1943. Celui de Gorrieri : la *Republica di Montefiorina* qui évoque le cas du colonel Giovanni Duca, torturé et assassiné par les S.S. Il commandait le camp de l'école militaire de Modène et a décidé le 8 septembre de dissoudre ses unités. C'est ce genre de décision qui a largement alimenté les rangs des partisans. La période qui s'ouvre à ce moment-là, après la capture de Mussolini, est particulièrement intéressante pour mon travail.

Le deuxième document, « *Dovere di combattere* », c'est un article de l'édition romaine de *Risorgimento Liberale*, du 23 novembre 1943. Dans les deux cas, on comprend ce qu'ont pu ressentir beaucoup d'Italiens : sentiment de « joie sans bornes », dont Calvino a été le merveilleux narrateur dans *Sentier des nids d'araignée.* A ce moment-là, ceux qui s'engageaient dans la Résistance avaient la certitude de retrouver une dignité perdue. Ils la ressentaient pour eux-mêmes mais aussi et surtout pour le peuple italien.

« On grimpait dans la montagne, comme ça... Cela semblait si gai, pour ainsi dire... » C'est le témoignage d'un ouvrier, Antonio Bellina, ancien émigré en France, rescapé de Mauthausen, que j'ai recopié dans les documents lus aujourd'hui. J'ai aussi obtenu, par Ignatio, une copie du journal d'Ada Gobetti, *Diario partigiano*, et je relis ce soir le récit de ces moments de l'automne 43 : « Des instants de la plus parfaite sérénité – apaisement, accomplissement, harmonie – que l'on n'éprouvait que dans les moments de plus grands dangers. »

Rome, 7 juin 1991

Ignatio est parti à Turin. Il m'a dit que son père voulait le voir rapidement. Je pense qu'il me cache une maladie grave de Giorgio. J'attends son retour mais son absence me fait du bien. Je travaille davantage et le temps s'étire autrement, les heures sont plus longues. J'aime la douceur triste de l'absence. J'ai lu quelque part que la nostalgie signifiait, en grec ancien, la souffrance du retour.

Ma bibliothèque préférée est fermée aujourd'hui. Je travaille dans ma chambre.

9 juin

Seule depuis trois jours. Il me plaît d'être ainsi totalement libre, détachée de ce qui m'entoure. Un garçon m'écrit. Je ne réponds pas. Il raconte des histoires qui cachent à peine son désir. Des histoires sur lui, toujours sur lui. C'est étrange comme les hommes aiment parler d'eux-mêmes. S'il n'y avait pas le sexe, qu'est-ce qu'il leur resterait ?

Je lis Malaparte, Giuseppe Berto, Carlo Bernari, la littérature italienne d'après-guerre. L'angoisse d'avoir été du mauvais côté... Mais le mauvais côté, c'était quoi ? Ils ne le savaient pas vraiment. On choisit d'aller là ou ailleurs et on s'aperçoit que c'est pour un copain, une fille, un fusil, une insulte...

Ce soir je vais aller au théâtre. C'est une pièce qui s'appelle *Il Mantello* de Buzzati. J'y vais avec une amie, une Julia ou Julietta, je ne sais plus. Elle passe d'un prénom à l'autre. Elle est fantasque, volage. Elle couche avec tout le monde. A côté, je suis une sainte...

Ignatio vient de laisser un message au secrétariat de la résidence. Il arrive demain par le train de Turin. J'irai l'attendre à la gare. En partant, l'autre jour, il m'a confié le texte d'une vieille chanson italienne : « *Oh ma che felicita se mi guardi tu non resisto pui...* » Je l'ai appris par cœur pour son retour. Mais je ne connais pas la musique !

10 juin 91

Ignatio est revenu l'air mystérieux. Il me dit qu'il veut me parler, que c'est important. Moi, j'ai envie de faire l'amour. Il s'énerve. Il veut avoir du temps. Nous nous fâchons toute l'après-midi. Ce soir, je mange dans ma chambre, je ne veux pas sortir. Nous prendrons le petit déjeuner ensemble, demain matin, à la cafétéria. Peut-être... La vie de couple n'est pas faite pour moi.

11 juin

Il a posé la photo devant moi. Sans rien dire. Il m'a regardée gentiment, mais j'étais toujours fâchée. Alors il m'a pris la main. Il m'a dit simplement : « Mon père connaît cet enfant. C'est le fils de l'homme qui a été fusillé dans les Alpes. Regarde, c'est son père là, celui qui est debout. C'était l'ami de Giorgio. »

Je n'ai pas compris tout de suite. Et puis j'ai eu le sentiment d'une histoire très ancienne. Une histoire qui s'agripperait à ma vie, comme à la margelle d'un puits, pour remonter à la surface. Cette photo, maintenant, d'un seul coup, c'était Simon : lui, l'enfant, lui le petit Simon avec son père ! L'homme de mes lettres et de mes questions, l'homme qui ayant cessé de parler m'avait laissé une trace de son enfance ! Voilà qu'il apparaissait avec un visage, une sorte de famille, un début de paysage. C'était comme un film qui revenait en arrière. Je regardais avec intensité ses jambes nues, ses genoux, sa drôle de casquette. J'essayais de faire le rapprochement avec son écriture mais ça ne marchait pas. J'étais en présence de deux univers tellement éloignés l'un de l'autre ! Et puis son père, à côté, avec sa moustache, sa blouse grise. L'ami de Giorgio ! Cette photo, jusqu'à présent je ne l'avais pas bien comprise. Maintenant, elle était là, devant moi, comme l'un des derniers gestes de Simon, comme s'il avait voulu me guider jusqu'à lui, jusqu'à son père et son enfance.

J'ai couru vers ma chambre. Il restait deux autres photos dans l'enveloppe que m'avait envoyée l'éditeur. Celle de l'église avec, devant la porte en bois, une femme d'un âge indéfinissable, timide, gauche, mal habillée. Elle semblait sortir d'un autre temps, loin de tout...

Et puis une autre photo. Des jeunes hommes qui se tenaient droits, les uns à côté des autres, avec une sorte de forfanterie sous les casquettes. Les yeux portaient une lumière, comme s'ils avaient longtemps affronté le soleil. Mal rasés, mal habillés, des hommes rudes, armés, avec derrière eux une clairière, et puis le début d'une forêt. Un seul n'avait pas de casquette. C'était un homme un peu plus âgé, avec une blouse. Le même personnage que sur la première photo. Il avait le regard lointain.

J'ai aussitôt apporté cette photo à Ignatio. Il m'a dit : « Tu vois, là, à côté de l'homme à la blouse, c'est Giorgio... C'est mon père... »

Nous avons ri, tous les deux. Nous étions heureux.

Le soir nous sommes allés dîner dans un petit restaurant, près de la cité universitaire. C'est là qu'Ignatio m'a dit qu'il avait appris par la radio la mort de Vercors, l'écrivain français. Je ne connaissais pas son œuvre mais Ignatio m'en a parlé avec beaucoup d'admiration. Il avait presque tout lu : *Le Silence de la mer*, *La Marche à l'étoile*, *Les Armes de la nuit*. C'était le fondateur des Editions de Minuit.

Ignatio évoque avec émotion *Le Silence de la mer*, écrit en 42. L'officier allemand se heurte au mépris d'une famille française. A la culture de cet homme n'a pu répondre que le silence de ceux qui sont contraints de l'héberger. « Tu vois, tout cela n'est pas si éloigné du personnage de Simon... Est-ce que le silence, ce n'est pas d'abord du mépris ? », me demande Ignatio.

Rome 13 juin

Les journaux parlent de la mort de Vercors.

C'est les vacances ici. Peu à peu la résidence se vide. Nous allons partir vers Turin en voiture. Ignatio a réservé une chambre dans un petit hôtel de la vieille ville, près de la piazza Castello. « Tu verras : c'est très beau », dit-il, comme s'il faisait visiter sa maison.

Chaque jour j'irai voir son père. Je veux savoir, je veux tout savoir. Pourquoi nos routes se sont-elles croisées ? Y a-t-il dans le monde, des gouffres, des chemins interdits, des signes qui se mettent à guider nos pas ou au contraire à nous perdre, à nous éloigner du bonheur ?

J'ai acheté une cartouche de cigarettes et une bouteille de vin sicilien. Je suis une petite fille et la vie est aussi belle que moi.

Turin, le 20 juin

Il parle, Giorgio. Il n'arrête pas de parler. Il s'ébroue, le vieil ouvrier agricole. Il est devenu philosophe, tacticien, professeur d'histoire.

Lorsque la classe 1925 a été rappelée, c'était le 4 novembre 1943, il est descendu à Turin chercher deux de ses cousins et des armes. Peu à peu le maquis s'est constitué autour de lui, le plus jeune !

Il me raconte tout dans le désordre : le passage de la frontière, les nuits froides, l'achat des munitions, la chute de Mussolini, Badoglio, les journaux clandestins qui viennent de Turin pour les Italiens de France... Et puis surtout les détails ! Le gitan qui les rejoint un peu plus tard et son bébé loup. Une petite femelle. Alors je deviens louve, je suis un montagnard, je fais le feu avec eux, je souffre du froid, j'ai besoin de graisser les armes, j'entends les arbres craquer, je vois la neige silencieuse qui tombe sur nous, les vestes et les barbes poudrées, les cheveux sales, les mains noires...

Mais ce que je voudrais surtout c'est qu'il me guide, qu'il m'emmène là-bas, que l'on retrouve la petite église de la photo, la tombe du père de Simon...

Il me dit qu'il s'appelait David, le père. Que c'était un juif, un homme bon. Je regarde le visage de Giorgio, je regarde ses mains qui ressemblent à des racines, je regarde sa façon de fumer, de cligner des yeux pour se souvenir, pour faire revenir ce qu'il aime et ce qu'il n'aime pas, le mélange de la guerre et du bonheur, le bonheur de se battre. Il a blessé un officier allemand et tué plusieurs soldats. Il parle des cris, du bruit des camions sur la route, de cette langue qui lance des ordres comme aboient les chiens. Il n'a rien oublié, Giorgio.

Il a des phrases surprenantes : « Nous n'étions pas des voleurs. Juste des marginaux, au début, des rebelles. L'organisation, c'est venu petit à petit. Avec les tracts, les émissaires, les ordres. Mais nous, on faisait plutôt ce qu'on voulait. Il y avait un instituteur avec nous. Souvent, il récitait des poèmes. Un soir il nous a fait rire. Il nous a dit : "Devinez quelle est la question principale aujourd'hui pour l'Eglise italienne ?" Nous ne savions pas. On s'en foutait de l'Eglise. On savait qu'elle n'était pas avec nous. Alors il nous a répondu d'un ton grave : "Quelles sont les caresses qui sont autorisées entre fiancés ?"

Nous avons ri mais, les femmes nous manquaient. Les femmes, les cigarettes, le vin... C'était dur, vous savez... »

Ce soir je suis fatiguée. Toute la journée j'ai posé des questions, j'ai pris des notes pour ma thèse, j'ai suivi les traces de Simon et de son père. Toute la journée passée comme un souffle.

Ignatio va me rejoindre tout à l'heure au café Fiorio. Il est allé saluer le curé qui l'a baptisé. Un vieux prêtre, m'a-t-il dit, un peu communiste, un peu chrétien, un peu tout. Je vais dormir.

Turin, ce 22 juin 1991

Ça y est. Il est d'accord ! Ce n'était pas très facile, mais il a fini par accepter. Demain nous partons pour la France. Là-bas. De l'autre côté. Mon pays, ma tristesse... Le village s'appelle Saint-Sauveur, m'a dit Giorgio. Je l'ai retrouvé sur la carte. Pas du tout à l'endroit où je l'attendais. Un tout petit hameau. C'est un point à la fin d'une route en lacet.

Ignatio veut faire un livre maintenant sur l'histoire de Simon. Pourquoi pas ? Il m'avait parlé, depuis plusieurs semaines, d'une idée de roman. Mais c'était en l'air, un désir vague comme l'ont ces étudiants qui se rêvent écrivains. L'irruption de Simon, l'enfant des Alpes, dans la vie de Giorgio a favorisé la cristallisation de son projet. J'espère qu'il restera attaché aux faiblesses, aux contradictions, aux zones d'ombre qui donnent à ces événements – dès qu'il faut les décrire – une allure si tourmentée, indécise. Ce que moi j'ai appris de l'Histoire, c'est qu'il faut rester disponible pour les faits eux-mêmes. Les mots qui les entourent sont rarement les bons. C'est ce travail de dépouillement qui m'intéresse. Et pourtant, dès que j'écris cela, je mesure à quel point les mots font partie de l'Histoire. Ils la créent, la transportent, la défigurent, l'enflamment... Elle s'en habille et s'en détourne. L'humilité devant ces mots... c'est peut-être ce qui me manque. L'histoire de Simon, je me demande si ce n'est pas pour l'essentiel la recherchc obstinée d'une enfance qu'il aurait aimé maintenir intacte, protégée par le silence.

Il y a des humains pour qui l'enfance crée derrière elle un sillage de désespoir.

23 juin 91

Nous sommes partis aujourd'hui. Les Alpes sont belles. D'abord bleues, dans le lointain, puis grises et presque blanches lorsque nous nous engageons dans la montée vers le col. Nous avons franchi la frontière avec notre vieille voiture. Mon cœur battait. C'était mon pays. Mais c'est quoi une patrie ? La France avait commencé avant la frontière : des petits signes imperceptibles. Et puis l'Italie continuait après. Les noms, les enseignes devant les cafés, quelque chose dans l'air et dans le paysage faisait de part et d'autre du col comme un pays lui-même. Une patrie pour ceux qui aimeraient en avoir plusieurs. Une frontière c'est un peu ridicule. On dirait un décor de théâtre. Et les douaniers comme des figurants. Des sortes de hallebardiers.

Le soir est là. Je suis à l'hôtel. Une auberge plutôt, perdue dans la montagne. Nous ne sommes plus très loin de Saint-Sauveur.

Je sais bien ce que je dois faire maintenant. Il faut que j'agisse davantage pour aider Ignatio, pour que son roman soit proche de la réalité. Une réalité que nous allons suivre pas à pas. Mes histoires d'étudiante attendront. Ma thèse attendra. Ce que nous ferons tous les deux est bien plus important : faire revivre un homme, rassembler des témoignages, s'approcher de sa vie, suivre ses traces, pénétrer son silence... Peut-être l'aimer...

Giorgio, au fond de la voiture, n'a pas ouvert la bouche pendant toute la journée. Il avait mal au cœur. Il a fallu s'arrêter plusieurs fois. Il a vomi. Une histoire étrangère venait vers lui et c'était la sienne. Elle s'étendait au-delà de la place qu'il lui avait assignée. Elle occupait peu à peu un corps qui ne pouvait plus la contenir.

Lorsque nous nous sommes approchés du village, en dessous de Saint-Sauveur, il s'est animé. Je l'ai entendu tousser, grogner. Il y avait une agitation qui s'emparait peu à peu de lui.

24 juin 91

Pendant toute la journée Giorgio est resté silencieux. Nous le laissons aller, il tourne, revient vers nous, s'assoit derrière l'église, repart. Toujours il regarde vers les sommets. Il s'éloigne parfois avec son fils. Mais ils ne se parlent pas. Ignatio, mon amant, c'est un enfant lorsqu'il est devant Giorgio.

Il y a un petit café, minuscule, où nous nous sommes assis. La route s'arrête un peu plus loin. Ensuite ce sont des chemins de terre qui desservent probablement quelques fermes en contrebas du village. On ne les voit pas.

Ignatio écrit en buvant café sur café.

J'ai discuté avec la femme qui nous a accueillis. Depuis dix ans elle tient le bar et vend quelques cartes postales pour les touristes. Elle me dit qu'avant c'était une épicerie, qu'il n'y avait rien d'autre dans le hameau. A part une pompe à essence qui maintenant a disparu. A la place, il y a un petit magasin d'alimentation un peu plus loin, au rez-de-chaussée d'une villa récente, en face de l'église. La maison est laide, peinte en jaune, avec un balcon bordé d'une rambarde en fer forgé. La montagne tout autour l'écrase et la fait oublier.

Nous sommes allés chercher du pain, du saucisson. Nous voulions monter jusqu'aux grottes dont nous avait parlé Giorgio. Il faisait non avec la tête. Il n'a pas voulu. Un homme est sorti du magasin. Il s'est proposé pour aller chercher les clefs de l'église. Il est revenu accompagné d'une vieille dame, tout habillée de noir, et nous sommes entrés dans l'ombre, dans la fraîcheur, pendant que Giorgio reniflait vers la montagne. Il avait l'air d'un chien égaré. Lorsqu'il détournait son regard, il pleurait.

Le soir nous sommes redescendus dans la vallée, à une dizaine de kilomètres de Saint-Sauveur. Une petite ville qui s'appelait Versières. Il y avait des touristes dans l'hôtel, un groupe de randonneurs. Ils parlaient fort dans la salle de restaurant. Nous sommes restés à l'écart, tous les trois. Il n'y avait rien à dire. Ignatio, en s'endormant, m'a dit : « Je pense que Giorgio parlera demain. »

Rome, 28 juin 1991

J'avais apporté un petit magnétophone qui me servait pour les cours d'anglais et d'italien. Je retiens ici les mots de Giorgio enregistrés pendant les deux jours où nous sommes restés à Saint-Sauveur. Je n'ai pas tout retranscrit. Il a parlé sans cesse :

« ... On ne venait pas souvent ici. C'était dangereux. Le maire, on savait ce qu'il pensait. Il nous aimait pas. Pour nous, ici, c'était l'épicerie le plus important. On se méfiait des paysans. Mais le père de Simon était notre ami. Dès le début il nous a accueillis. Avec le sourire et tout. Nous avions un cuisinier. Un gars du Pô, en bas, du côté de Pavie. On l'appelait Badoglio parce qu'il était arrivé en 1943, au début de l'automne.

... Nous étions des forestiers. La plupart d'entre nous. Moi, je n'avais que vingt ans ! Et pourtant j'étais leur chef. On coupait du bois, on le mettait en piles pour qu'il sèche. Et puis une autre équipe devait venir le chercher, l'année suivante. Des Français. Ça ne s'est pas passé comme ça, naturellement, à cause de la guerre.

... Le père de Simon c'était un juif. Mais il ne parlait pas de ça. Il parlait seulement des Allemands. Il était très seul. Il n'y avait pas de réseau dans la région. C'est moi qui ai créé la première organisation lorsque les Allemands ont occupé la zone libre. Mais il fallait tout improviser. Certains d'entre nous avaient été torturés, en bas, de l'autre côté de la frontière... L'unité allemande la plus proche, c'était une compagnie. Elle était stationnée dans le village où nous avons dormi hier. Pas dans notre hôtel, non, à côté de la mairie près du centre, un ancien hôpital. L'officier s'appelait Althorn. Après la guerre nous avons su où il habitait. Ce sont les camarades du P.C.I. qui ont fait la recherche. Une petite ville dans le sud de l'Allemagne. J'aimerais qu'Ignatio y aille pour lui casser la gueule. Juste ça : lui casser la gueule. La ville s'appelle Reutlingen. Nous, après la guerre, on n'avait pas d'argent pour aller là-bas.

A l'époque notre force, c'est que nous étions peu nombreux. A peine une dizaine. C'est comme ça qu'on s'en est sortis. Les maquis importants dans la région ont été en fuite ou éliminés... Nous n'avions aucune arme lourde. Nous marchions sans arrêt. On attaquait les Allemands dès qu'ils étaient en petit nombre. Et puis, bien sûr, les miliciens. De grands salauds aussi. Il y a eu des représailles, je sais. Des gens pendus, dans la vallée. Mais il fallait tuer des Allemands. C'est ça qu'on avait besoin de faire... On dessinait un petit bonhomme, taillé dans la pierre de la grotte, à chaque fois qu'on en tuait un.

... Tous mes gars étaient des Piémontais. Un jour, il y a un gitan qui est venu se joindre à nous. Un type qui venait de Roumanie. Il parlait un peu français. On l'a mis à l'épreuve pendant plusieurs mois, pour pas être infiltrés. Lui c'était le couteau, sa spécialité. Il s'en est servi plusieurs fois sur les sentinelles, qui gardaient l'hôpital, la nuit. Althorn, le capitaine, avait compris que c'était un de nos gars. Il ne savait rien d'autre sur lui... Mais c'est comme ça, à cause du gitan que le père de Simon a été fusillé. Il a été dénoncé. Je crois que c'est le maire qui l'a fait. Il détestait les juifs. Mais dans cette région, il n'y en avait pas des juifs. David, c'était le seul, avec sa sœur Misha...

... Vous savez, c'est mon pire souvenir de la guerre. On était là. Un de nos gars nous a prévenus. On est descendus tout de suite, mais ils étaient une trentaine, les Allemands. On y serait tous passés. Je ne pensais pas que le petit viendrait. Il a tout vu, le gamin. Il nous avait suivis. Moi, c'est à lui que je pensais. Les Allemands l'auraient tué aussi. Aujourd'hui c'est difficile à expliquer... Je voulais le revoir, Simon. Je lui ai écrit. Et quand je suis revenu à Saint-Sauveur, l'année d'après, il était parti. Il m'avait laissé juste un mot. Je vous le donnerai. On m'a dit qu'il s'était enfui, tout seul, vers Paris. On ne l'a jamais retrouvé... Sa tante est morte un an après son départ. Elle était devenue un peu folle. Elle pensait que c'était de sa faute. Vous avez vu au cimetière, les deux croix. C'est le nouveau maire à la Libération. Il était communiste et il a fait fabriquer des croix en ciment pour les tombes qui n'étaient pas entretenues. On a enlevé les anciennes en bois. Et on a mis ces croix qui y sont toujours, avec leurs petites plaques en émail. Ils auraient pu mettre une étoile de David. Mais personne ne s'est plaint alors on a laissé les croix... Vous avez vu : David Leibowitz 1902-1944. Et puis Misha Tavernier 1894-1945. Côte à côte. Le frère et la sœur. Au milieu des paysans...

Juste devant vous, à droite, vous voyez ce petit chemin. Il va vers une carrière. C'est sans doute là qu'ont été prises les pierres pour la construction de l'église, il y a très longtemps. Ils savaient faire en ce temps-là. Ils l'ont fusillé là, à cet endroit. Nous, on s'est approchés par le côté, vous voyez, le ravin, là-bas. On était allongés, le nez dans la terre. Mais ils étaient trop nombreux. On aurait tous été tués. Et surtout le petit...

... Vous savez, j'ai pas dormi facilement pendant des années. J'ai cherché la fatigue chaque jour. Je voulais oublier. Avant la guerre j'étais ouvrier agricole. Je sais travailler. J'ai fait les boulots les plus durs, après la Libération. Dans des usines. Mais jamais je n'oublierai le petit Simon. Il m'a mordu ce jour-là. Regardez : j'ai encore la marque. Je ne sais pas ce qu'il est devenu. Mais je vais vous dire... A l'hôtel, hier, j'ai pas pu dormir. Quand vous étiez dans votre chambre, je suis redescendu. Il y avait une vieille, là. Elle était assise dans son coin. Entre vieux on se comprend. Je lui ai parlé. On a bu une petite gnole. C'est tout. Mais ça encourage à parler. L'ancien temps, les saisons, tout ça... Elle m'a parlé du muet. Avec son accent à elle, comme les paysans de ce coin-là, jadis. Le muet, c'est comme ça qu'elle disait... En 1964 il était revenu. Avec une fille. C'était l'anniversaire de la libération du village. Elle y était, la vieille ! Elle m'a parlé volontiers :

"Bon Dieu ! Comme il avait grandi ! Il ne parlait pas. Mais il était beau, vraiment beau. Il est venu en ville avec cette fille. Moi, à l'époque, je faisais le ménage à l'hôtel. Je m'en souviens très bien. Elle avait pas un prénom d'ici. C'était peut-être sa femme, mais je crois pas. Une jeune blonde avec un accent étranger. C'est elle qui a rempli les papiers. Le lendemain, ils sont partis au bal, là-haut, à Saint-Sauveur. Vous pouvez pas savoir comme il avait l'air triste. Malgré la fille. Beaucoup plus jeune, remarquez. On aurait dit qu'elle sortait du collège."

Elle avait des parents là-haut, la vieille – elle parlait tout bas d'un seul coup. Ses parents lui ont dit qu'ils avaient dansé toute la nuit, Simon et la blonde. Elle a continué :

"Tout le monde les regardait. Les paysans, ils disaient que c'était le muet, le fils à l'épi cier... Le lendemain du bal, dans l'après-midi, ils sont revenus prendre leurs affaires à l'hôtel. Et puis on ne les a plus jamais revus..."

C'est comme ça qu'elle m'a dit la vieille... Moi, Giorgio, je vais vous dire. La vie ça change jamais. Les hommes et les femmes, la guerre, tout ça, ça durera toujours. J'ai pas fait d'études, mais j'ai bien compris que ça changerait pas... J'ai économisé toute ma vie pour Ignatio. Pour qu'il devienne quelqu'un, un monsieur. Sa mère, si vous saviez. Elle était dure à la tâche. Elle faisait des ménages dans toute la ville. Il y avait encore des tramways à Turin. Elle s'est fait écraser un soir. Elle était trop fatiguée, l'Angela. Ignatio, il l'a presque pas connue... Il a écrit une page sur elle. Je ne sais pas où il a appris ça, mais il écrit de belles choses. Il parle de la machine qui a tué sa maman. Mais vous savez, c'est pas tellement la machine. C'est tout ce qu'il y a autour : les patrons, l'argent, l'injustice, la méchanceté...

Ici, dans la montagne, on était heureux. C'était la liberté qui nous faisait fiers. On avait faim mais c'était pas la même faim qu'en bas... On savait qu'on la méritait, elle était à nous, dans notre ventre... Alors on tuait des Allemands et le soir, on se regardait, ce n'était plus notre mort à nous qui était importante. Elle ne comptait plus. Je ne sais pas si vous comprenez... On n'avait pas de casques, pas de bottes, pas de camions ni de mitrailleuses mais on était plus forts qu'eux. Et eux, ils avaient peur de la montagne. Pas seulement de nous, mais de la montagne aussi. On était là-haut comme des animaux, et libres autant que des animaux. Toujours contre le vent, le dos au soleil, derrière les rochers, au milieu des arbres. On avait la même couleur que les saisons... Ils étaient toujours surpris quand on attaquait... Ah, les salauds

... Le petit Simon parfois, il nous apportait à manger. Alors Bado lui faisait des pâtes aux champignons, ou bien du pain brûlé à l'ail. Il allait cueillir des myrtilles, le petit, et après il restait avec nous, on chantait. Il fallait qu'il rentre avant la nuit. Alors l'un d'entre nous le raccompagnait... Vous savez, il est devenu muet après. Il ne pouvait plus parler. C'est ça qu'on m'a dit l'année suivante. Il paraît qu'il avait toujours un carton sur lui : « Appelez-moi Simon », il y avait marqué. J'ai demandé aux camarades, à Turin, si on pouvait faire des recherches... Ils ont quand même retrouvé la trace du Althorn. Le salaud. C'est des résistants allemands qui nous ont donné son adresse... Mais il y avait beaucoup à faire avec toutes ces grèves à organiser. J'étais devenu métallo. On fabriquait des voitures. C'est comme ça que la vie s'est passée...

... En 46 je suis revenu à Saint-Sauveur. J'espérais toujours retrouver Simon. La maison de Misha était abandonnée. Tout le monde savait qui j'étais, mais ils étaient toujours aussi méfiants, les paysans. Là-haut, les gens ils parlent pas. Je n'ai rien rangé. S'il venait, le Simon, il fallait qu'il trouve ce qu'il avait connu. J'avais déposé pour lui une arme dans le grenier. C'était celle que je préférais. Elle avait été prise par le gitan sur le corps d'un soldat allemand. Comme un souvenir, quoi... En posant cette arme à cet endroit, je pensais à la vengeance. Je me disais qu'un jour, peut-être, quelqu'un l'utiliserait. Après coup, j'ai regretté. S'il fallait faire ça, c'était à moi de le faire. C'était lâche de penser que quelqu'un d'autre allait utiliser cette arme... Une arme de boche...

... Quand l'Angela est partie – Angela c'était ma femme –, Ignatio avait quatre ans.

Je l'ai élevé tout seul. C'est un bon garçon. Maintenant il est avec vous, Livia. Vous êtes jolie, hein ? Ma vie est finie... Je suis revenu ici sur la tombe de David. Il y avait ce gros chien, je ne me souviens plus de son nom. Un chien qui avait du poil jaune. Et puis l'épicerie. Parfois, quand il faisait trop froid, on descendait, ça sentait bon. Le gitan faisait le guet au-dessus de la route. Vous connaissez *Bella ciao*, la chanson ? On ne la chante plus beaucoup maintenant. Vous savez, les Italiens, ils aiment bien chanter. Enfin, jadis ils aimaient bien... Là-haut, on se serrait les uns contre les autres pour pas avoir trop froid... Aujourd'hui, la Résistance, tout le monde s'en fout... La nuit de Noël 1943, je m'en souviens. David avait fait une grosse tarte avec de la crème et des raisins secs et des noix. Il y avait encore des vaches, en bas. Enfin, peut-être c'était sa sœur, Misha, qui avait fait la tarte. Mais c'était bon. On a bu de l'eau-de-vie de prune qu'on avait gardée. Il y a une couverture qu'a brûlé cette nuit-là. On était trop près du feu. Je vous dis ça un peu vite... En fait c'était long d'attendre. On a beaucoup attendu, vous savez. Beaucoup marché aussi.

La montagne on la connaissait comme notre poche. On braconnait. Surtout le gitan. Il revenait avec des marmottes, des lièvres, des oiseaux. Un jour, un petit bouquetin qui s'était blessé... On connaissait tous les chemins, les torrents, les grottes. Les Allemands ils auraient jamais pu nous retrouver... J'ai perdu un seul de mes hommes, à la fin. On était descendus trop bas dans la vallée. C'est là que j'ai blessé Althorn, le capitaine. J'en suis sûr. A ce moment-là. Je l'ai vu se traîner sur la route. J'avais dû le toucher à la jambe. J'ai tiré une deuxième fois mais les soldats l'ont sorti de là. J'espère qu'il boitera jusqu'à la fin de ses jours. Je donnerai son adresse à Ignatio. Juste pour qu'il aille lui casser la gueule au boiteux... Mon gars à moi il s'appelait Cesare. Un costaud qui avait toujours travaillé dans les bois. Je l'ai vu mourir. J'ai vu ses yeux. Il voulait dire quelque chose mais il n'y arrivait pas. C'était plus loin, vers le Nord. La compagnie d'Althorn commençait à reculer. Ils étaient devenus encore plus sauvages. Et nous aussi par exemple ! Ah ça, c'est vrai : des sauvages... Y avait plus de loi... »

Voilà. C'est la fin de l'enregistrement de Giorgio. Je suis troublée par le récit de cette vieille femme : le vingtième anniversaire de la libération du village. Le bal. La description de Simon en 1964. Un fantôme que je n'arrive pas à saisir. Je vois sa beauté triste. Et cette blonde auprès de lui... Une gamine...

Rome, juillet 91

Nous sommes revenus ici. Il fallait bien. Ignatio tape maintenant un texte que je ne connais pas. Depuis Saint-Sauveur, il me reste des images qui se sont inscrites en moi. La marque de la morsure sur la main gauche de Giorgio : une petite cicatrice en forme de demi-cercle. Les traces des dents sont blanches et font comme une fleur à même la peau sombre du vieil homme. Les deux tombes de Misha et de David, à peine recouvertes, chacune, d'une dalle de grosse pierre de la montagne. Le café qui fut jadis le lieu des rencontres entre David et les Piémontais. La petite église et le tilleul immense à ses côtés, les chemins qui disparaissent vers les fermes, les alpages. Pour garder tout cela vivant, j'ai ouvert de nouveau la grande enveloppe envoyée par l'éditeur de Simon. J'y retrouve un document que j'avais lu avec distraction. Je le consigne ici. Tout cela pourra servir, j'espère, à la véritable histoire de Simon. C'est un texte imprimé, soigneusement découpé. Une fiche biographique, déchirée d'un livre.

— Günther ALTHORN est né en Poméranie le 16 juillet 1912.

— Il fait des études de droit à Berlin et s'inscrit au N.S.D.A.P. dès 1934.

— Arrêté pour crime – l'assassinat d'un bijoutier juif – en 1935, il est relâché un mois plus tard.

— Il s'engage alors dans la S.S.

— Lieutenant en 1939, il participe en juin 1940 à la campagne de France.

— Après un passage à l'état-major de la division Das Reich, il est affecté avec sa compagnie dans le sud-est de la France. Opérant dans la région de Digne puis en Haute-Savoie, il est remarqué par ses supérieurs pour ses actions contre la Résistance.

— Blessé au genou en 1944, il sera hospitalisé brièvement à Mulhouse et quittera l'armée vraisemblablement au lendemain de la défaite nazie.

— Althorn a été assassiné en 1984 à Reutlingen.

— Le meurtrier, condamné par le tribunal de Stuttgart (Bade-Wurtemberg) à cinq ans de prison n'a jamais expliqué son geste.

— Un lien a été évoqué, par certains médias, entre ce crime et les atrocités auxquelles Althorn se serait livré dans les vallées alpines.

Extrait du *Répertoire Encyclopédique de la Seconde Guerre mondiale*, vol. 17
France – Résistance – Annuaire des forces militaires allemandes en France (Annexe III)

En bas de la feuille, il y a une adresse : Wienerstrasse, 37. Reutlingen. C'est l'écriture de Simon. Une écriture bien droite que je reconnais. Comme celle d'un enfant appliqué Ignatio me dit qu'il a la même adresse, donnée par son père. « Tu parles, il veut que j'aille me battre avec lui... Personne n'a dit à mon père qu'il était déjà mort, le type... »

Rome, le 12 août

Aujourd'hui, longue conversation avec Ignatio. Il fait une chaleur qui rend la ville abattue, morose. Seuls les touristes y résistent avec ce mélange d'excitation et de paresse qui les rend insupportables.

Nous sommes allés dans les jardins de la villa Médicis. Il y a un peu d'air, là-haut, qui monte le long des rues. Les toits de Rome sont voilés. Une brume ocre de tuiles et de bruits les enveloppe comme si la ville n'était plus qu'un champ ouvert à l'accablement. Ignatio semble parler pour lui tout seul :

« — Simon, je ne sais pas si nous arriverons à retrouver sa trace. Ce qu'il fait, c'est un tour de force. Le courage de ne pas parler, contrairement à ce qu'il pense, ce n'est pas une fuite. Au contraire. Il pénètre, sans armes, en plein milieu d'une bataille qu'il n'a pas menée. Il regarde, il comprend, il tue, il aime et il tourne le dos à ce monde où il n'a pas sa place. Il sort de prison et il n'y a plus aucune trace de lui.

— Tu sais, j'ai conservé toutes ses lettres. C'est peut-être moi qui ai reçu les dernières nouvelles de sa vie. Et je vais te dire : la scène que raconte Giorgio dans sa discussion avec la vieille femme, la scène du bal à Saint-Sauveur, c'est une scène très étrange et belle. Elle me trouble. Voilà un homme qui revient vers son père, vers la mort de son père, avec une jeune fille. Il danse toute la nuit, naturellement sans dire un mot. Au matin il part. C'est ce que tu devrais inscrire dans ton livre : il danse à côté de la tombe de son père ! Cette jeune fille, qui était-ce ? J'aimerais tant le savoir ! Ils ont fait l'amour ce soir-là, tu comprends. La vieille a raconté leur arrivée à l'hôtel. Ils y sont retournés le lendemain.

— Je sais tout cela. Mais j'ai du mal à imaginer ce que peut être la vie d'un homme qui refuse de parler. Il a aimé cette femme, non ? Est-ce qu'on peut aimer en s'interdisant toute parole ?

— Ignatio, regarde un peu comment le meurtre prend maintenant tout son sens. Ce meurtre lui permet de replacer, devant le hasard de la vie, sa propre naissance. Il a voulu, d'une certaine manière, recommencer sa naissance. Mais c'est lui qui a décidé. Bien sûr, ça n'a pas marché. Il est resté aussi silencieux qu'avant, et sans doute aussi malheureux. Alors que ce meurtre – j'en suis sûre – aurait pu lui redonner la parole.

— Oui Livia. C'est un échec. On ne supprime pas la parole d'un autre pour retrouver celle que l'on a perdue.

— Tu sais que j'ai été élevée dans un orphelinat. J'ai retenu le mot scandale dans les Evangiles. La vie de Simon a été, dans ce sens-là, un scandale. C'est un christ à l'envers. Il n'est pas tué mais il tue. Il ne prêche pas mais il se tait, il ne guérit personne. Il n'a ni mère ni message, ni disciple. Et aucun ami n'a raconté sa vie.

— Je ne comprends plus grand-chose dans les religions, que ce soit la mienne ou celle de Simon. Mais j'aimerais savoir, Livia, ce que les sœurs t'auront appris ?

— Elles s'appelaient les sœurs du Bon-Secours. C'est un drôle de nom... Elles m'ont dit que mes parents étaient morts. Premier mensonge. On le saurait s'ils étaient morts. Il y aurait des traces, des constats, des preuves. Toutes mes copines, à l'orphelinat, elles savaient comment leurs parents étaient morts. Les certificats de décès, ça existe. A l'époque, aux yeux de l'Assistance publique, il fallait que les parents soient morts pour entrer à l'orphelinat. Pas disparus, pas inconnus : morts !

— Et ensuite ?

— Deuxième mensonge : la vie est une pénitence. Je vais faire un mauvais jeu de mots, et c'est sans doute de la psychanalyse de bazar. Pénis et potence, c'est la pénitence. Une punition contre le sexe, l'amour, la joie, l'ivresse de vivre et de jouer. C'est un délire mauvais, leur histoire.

— Et puis ?

— Et puis la mort. C'est un troisième mensonge de laisser croire que la vraie vie commence après. Sous prétexte qu'elle serait éternelle. »

Voilà ce que nous nous sommes dit. Ce n'est pas grand-chose mais je vois bien qu'Ignatio et moi nous avons sur Simon, sur son histoire, un regard qui nous rapproche. Nous sommes autour de son silence comme les guetteurs de notre propre vie.

Avant de m'endormir, je glisse dans les pages de Pavese, un extrait de *Fuite et fin*. Lorsque Ignatio l'ouvrira, il y verra le signe de mon amour et de notre fragilité. « Un engoulevent, un oiseau de vent et de nuit, une sentinelle. Il nous dit que nous sommes aussi faits de vent et de nuit ; nos corps sont des tentes qui flottent, claquent, se dressent et s'affalent. »

Rome, fin août 1991

Ignatio est revenu de Turin. Son père lui a donné le mot du petit Simon lorsqu'il a quitté Saint-Sauveur. C'est un message maladroit, touchant, écrit en grosses lettres sur du papier kraft. Je le range avec ce qui devient peu à peu « le dossier Simon » : ses lettres, ses photos, la carte Michelin sur laquelle j'ai entouré le nom du hameau, le plan que nous avons dessiné, avec Ignatio, la situation des maisons, du cimetière, de la carrière. La notice biographique d'Althorn est là, dans sa sécheresse, avec cette adresse en Allemagne. Il faut maintenant que je retrouve ce que la presse allemande a dit du procès de Simon. Je ne sais pas dans quelle prison il a été détenu. Et puis ensuite ? Ensuite ? Les traces se perdent malgré nos lettres. Rien à quoi s'accrocher. Seulement cette correspondance de l'éditeur... Quelques photos...

Ignatio me dit qu'il faudrait questionner un étudiant allemand qui travaille avec lui sur la littérature italienne. Il s'appelle Hans et pourrait peut-être se procurer des coupures de presse du procès.

Je ne sais pas si je vais soutenir ma thèse cette année. Elle s'est tellement enrichie de ce que Giorgio m'a confié, des œuvres de Calvino, de ce que j'ai pu trouver en bibliothèque et de mes propres interrogations que c'est devenu autre chose. Peut-être une réflexion personnelle sur l'engagement politique. Si je veux en faire un travail universitaire il faudra que j'élague et que j'ordonne ce qui est aujourd'hui un peu touffu...

Rome, 2 septembre

Nous avons rencontré, avec Ignatio, l'étudiant qui pourrait nous aider dans nos recherches sur le procès de Simon. C'est un garçon fin, sensible qui aime l'Italie dans ce qui l'éloigne et la rapproche en même temps de l'Allemagne : la légèreté, la joie de vivre mais aussi ce regard sur la mort que j'ai retrouvé en Sicile, avec ses carnavals, les momies de Palerme, les masques et les mythes. Deux pays qui se croyaient chrétiens...

Mon article sur Frédéric II Hohenstaufen vient d'être accepté. J'ai ajouté à tout ce que j'avais pu lire à Palerme des réflexions sur l'ouvrage de Benoist-Méchin que mon prof m'a conseillé de consulter. C'est une biographie très intéressante dans laquelle l'auteur souligne ce qu'était la position de l'Eglise à l'époque : la *delectatio nescire*... la délectation de ne pas savoir. Au moment même où Frédéric II découvrait les richesses de la culture arabe : le calcul intégral, le chiffre zéro, les signes plus et moins, les découvertes de la médecine, de la chirurgie, l'anesthésie, etc. Cet article sera édité dans un livre sur les rapports entre la Sicile et le monde arabe. Avec tout ce qui se passe au Proche-Orient, il y a de quoi dire...

Il fait encore très chaud. Je vais me baigner du côté de Marcello. C'est une petite bourgade où nous allons, avec Ignatio, manger des beignets de calamars, rire et boire, discuter à l'infini...

Rome, le 4 septembre

Une lettre aujourd'hui. Sur l'enveloppe d'abord, en haut à gauche « L'espoir de Bethléem ». Je suis intriguée. Un timbre français. J'ouvre la lettre. « Ma chère fille, chère Maria. » C'est une des sœurs de l'orphelinat. Je me souviens. Une Africaine. Je l'aimais bien. J'aimais la nuit de son visage au milieu du voile blanc. Lorsqu'elle souriait, il y avait la lumière de ses dents, de ses yeux ronds toujours ouverts sur la surprise, la bonté. C'était la seule avec laquelle je m'entendais. Nous parlions dans la cour. C'était la surveillante des grandes, la seule qui avait continué à m'écrire. Nous faisions sans cesse l'aller-retour sous les acacias lorsqu'il faisait beau. Elle veut me voir. Me demande de faire le déplacement. Elle pense que c'est important pour moi. Elle vit dans une maison de retraite près de Nevers. Il y a l'adresse : « Cours des Sablons ». Elle écrit que c'est sur la route qui va à Vézelay. Si je viens, elle aimerait bien m'emmener à la basilique, sur la colline. Me dit que c'est très beau, mais qu'il faut venir assez vite parce que après il va faire froid. Elle avait toujours froid, Marie-Thérèse. C'était une plaisanterie entre nous. Je suis surprise et, au fond, assez heureuse.

Rome, 18 septembre

J'ai décidé de reporter ma soutenance de thèse. On verra l'année prochaine. Je suis allée voir mon prof. Ignatio est venu avec moi. Ça s'est bien passé. Nous avons parlé de questions que j'appellerais « périphériques ». La présence française à Milan, dans la plaine du Pô. La bataille de Pavie. François Ier, Bonaparte, Stendhal... Les batailles et les amours. Il voulait sans doute évoquer la fascination réciproque de l'Italie du Nord et de la France du Sud. Pour lui, c'était le même pays. J'étais calme. Je pensais surtout à cette année supplémentaire qui allait me permettre de partir sur les traces de Simon.

En sortant nous sommes allés à la plage d'Ostie. Un club qu'Ignatio aime bien. C'était une petite fête... Nous avons chanté *Bella ciao*.

Rome, le 20 septembre

Nous sommes encore en vacances. Il faut que je trouve du travail. Je n'ai plus d'argent et ma bourse prend fin en octobre... Ignatio me propose de m'emmener à Nevers. Ensuite il ira en Allemagne avec Hans pour nos recherches communes sur Simon. Il me dit ce qu'il veut faire : pas une biographie. Plutôt un texte littéraire sur le mutisme, la fuite, l'engagement. L'aphasie de Simon le passionne. C'est un explorateur, Ignatio. Il est persuadé qu'il va vers un endroit – le silence – où aucun écrivain n'est jamais allé...

Premières pluies sur Rome. L'odeur de la poussière mouillée. Les paroles et les vêtements changent, la vie s'est déplacée vers l'intérieur des cafés. Moi, je regarde les vitrines avec Julietta. J'ai peur qu'elle me prenne Ignatio. J'ai bien vu qu'elle avait engagé autour de lui ses petites manœuvres de séduction...

Rome, 25 septembre

Nous avons bien ri. Ignatio a emprunté de l'argent à un ami pour notre voyage. Il m'a dit : « Il peut le faire pour nous ! C'est le fils d'un fasciste qui a réussi ensuite, après la guerre, à être un grand responsable de la Démocratie chrétienne ! » Nous partons demain pour Nevers.

Nevers, le 26 septembre

Je viens d'arriver à l'hôtel. Nous ne sommes pas très loin de la maison de retraite des religieuses. Hans a récité du Hölderlin toute la journée. Il m'a fait apprendre par cœur un vers de son Antigone : « *Glükseelige solcher Zeit, da man nicht schmeket das Übel...* » Le mot *Übel* me semble résonner comme le cri d'une chouette dans la nuit. J'ai traversé une France que j'avais déjà oubliée. Moins belle que dans ma mémoire. Un peu perdue dans le monde qui l'entoure. Des autoroutes partout qui ne portent que des numéros. De la publicité qui salit le paysage. Des gens renfrognés, agressifs... Drôle de pays quand même...

Ignatio va rester là ce soir. Il repartira demain avec Hans. Je les aime bien tous les deux, toujours à parler de littérature dans le désordre d'une Europe qui retrouve le mélange de ses peuples.

« Bienheureux le temps où l'on ne goûte pas au malheur. »

Nevers, le 27 septembre

Livia, ma petite Livia, retiens bien cette date du 27 septembre 1991 ! Une secousse dans ma vie, une brûlure... Je vais essayer de ne rien perdre de cette journée. Pas une minute, pas un regard, pas un mot. Grand moment ! Jour anniversaire de je ne sais quoi, mais anniversaire quand même ! Quelle histoire ! Commençons par le début.

Temps chaud encore sur Nevers. Fin d'été. Les balcons de *Hiroshima mon amour*, *Tu t'appelleras Nevers...* Des souvenirs de Resnais.

Tout ce gris des façades, la tristesse. Départ de Hans et d'Ignatio. Tu te débrouilleras bien pour revenir. Oui, oui, ils ont dit ça ! Mais ce n'est rien, aucune importance. Ils me laissent « Cours des Sablons ». Une cour de gravier, un perron desservi par une double volée d'escaliers. Un petit bouton de sonnette. Au-dessus : « L'espoir de Bethléem ». Tout ça donne froid dans le dos. J'ai laissé mon sac à l'hôtel. Mais j'ai fait fort : minijupe, petit corsage, naissance des seins, chaussures de ville, je ne sais pas pourquoi je suis là.

La vieille dame à l'entrée, sous un crucifix. « Je vais chercher sœur Marie-Thérèse. Asseyez-vous, mademoiselle. » Si elle savait ce qu'elle fait, la nuit, la demoiselle, toutes les nuits, avec Ignatio ! Bon. Passons. Arrive ma grosse sœur noire ! Merveilleux sourire ! Un sourire de vieille, mais c'est la bonté qui s'approche. Elle m'embrasse. Je reste un instant dans ses bras, je reviens du plus vieux des territoires, là-bas, à l'orphelinat Saint-Vincent, avec ses journées de chapelets murmurés, de dimanches interminables, vidés de toute attente... Reniflements des deux côtés. « Ma petite Maria, ma chérie... » Je lui dis que j'ai décidé de changer de prénom, que maintenant je m'appelle Livia. Mais pour elle je resterai toujours Maria ! Je ris un peu, par à-coups, avec mes larmes accrochées au bord des joues. Oui, je ne suis qu'une petite fille, une orpheline. Elle me dit : « Viens, on va marcher. » Des troènes, des arbustes, une nature mutilée qui entoure la vieillesse de ces femmes rassemblées là pour mourir. Elles aussi piétinées. Alors c'est toujours la même chose avec la tristesse : j'ai brusquement envie de faire l'amour avec Ignatio. Mais il est déjà loin, sur la route. « On va marcher ? » Je ne sais pas très bien où l'on pourrait marcher car tout est petit ici.

Nous nous asseyons sur un vieux banc en fonte qui devait être là, déjà, quand un notaire, un pharmacien peut-être, abritait ici sa descendance, son statut, l'importance de son ennui. Qu'importe. Voici la phrase essentielle de la journée. Précédée naturellement par toutes sortes de considérations. Des « tu n'as pas changé... Tu es toujours aussi belle... Tu n'as pas froid, au moins... Comme tu es grande... »

Voici donc la phrase. Je mets du temps à l'écrire. J'hésite. Je ne sais pas s'il faut que je l'inscrive là, noir sur blanc, comme une devise sur le fronton d'un palais, d'une mairie, d'un ministère. J'attends encore un peu. Et puis c'est ça maintenant, la voici, la plus belle phrase du monde. « TA MAMAN NOUS A ÉCRIT. ELLE TE CHERCHE. »

Je n'ai pas regardé le ciel, ni le visage de la vieille sœur, ni l'intérieur de ma mémoire, ni rien qui soit à peu près vivant... J'ai fixé le gravier de chaque côté des petites espadrilles blanches de Marie-Thérèse. On voyait, noir et fripé, le dessus du pied. Et j'ai pleuré, pleuré. Ça coulait sans cesse, ça tombait sur mes lèvres, mon menton, mon cou, ma jupe. Mon nez aussi, tout mon visage s'est transformé en flotte, en morve, en salive, et ça coulait toujours. J'essayais de m'arrêter et je n'y arrivais pas, ça recommençait. Il n'y avait plus que cela au monde : les larmes d'un enfant perdu, une petite femme de rien du tout transformée en eau. Il n'y avait plus que de l'eau, des hoquets, des soubresauts, des spasmes. Je n'avais jamais pleuré de cette façon.

Voilà. C'est ça l'histoire de cette journée. L'histoire de cette ville qui veut dire « Jamais ». Tout le reste : le café, les biscuits, le pot de confiture que l'on vous force à accepter, les baisers sur les joues, les sœurs qui viennent vous toucher, leurs verrues, les poils de leurs joues, leurs grosses mains, le perron où l'on se quitte, les conseils, les « au revoir », les regrets et les espérances, tout cela n'a compté pour rien. C'était du temps en trop.

Dans cette chambre d'hôtel où j'écris, où il reste encore l'odeur d'Ignatio, dans ce désert qu'est la ville de Nevers, toutes les villes, je suis vivante avec ces mots-là : « Ta maman nous a écrit. Elle te cherche. » Mots qui traversent la nuit, le temps et l'espace, mots qui ne s'apaiseront pas lorsque viendra la fatigue, lorsque reviendra dans ma mémoire la cour de l'orphelinat, son bitume écrasé par la chaleur de l'été, le dortoir, le visage enfoui dans l'oreiller, le corps secoué, les bras défaits d'une petite fille qui, pendant si longtemps, n'a cessé de pleurer dans le noir de son enfance.

Rome, le 28 septembre

J'ai pris le train pour revenir à Rome. Un train, lourd et chaud, comme une grosse bête de métal. Un paysage, des gens. Et dans mon sac, pliée en quatre, protégée dans un livre, ensevelie sous les vêtements, l'adresse d'une maman. Madame Selna Revkov. Sans doute comme toutes les mamans. Femme-maman. Femme-ventre. Femme-cheveux. Femme de moi. Oublieuse ou sévère, injuste, préoccupée par sa toilette, ses rides, tous les plis de son corps. Mais ma-man. La mienne. Celle qui m'a portée, baladée dans tous les sens, regrettée, détestée peut-être, puis laissée là, je ne sais où, ni comment, faisant semblant de disparaître, un peu morte, oublieuse, seule, évanouie, perdue à la suite d'une histoire d'amour, le temps d'une nuit peut-être, perdant la tête sous le poids d'un homme, jouant sa propre vie, inventant ma tristesse comme un mauvais livre égaré sur un banc et qui sera lu par un passant avant d'être jeté, un fruit amer, pourri, au plus loin de soi.

C'est une impression de lourdeur qui me colle au sol aujourd'hui, dans cette résidence universitaire, entourée du bric-à-brac des événements, sans Ignatio pour parler, avec cette maman qui ne m'aura servi à rien, seulement à pleurer. Depuis quelques années, elle ne me manquait plus, la disparue. A l'orphelinat, j'y pensais comme à un corps noyé, flétri par mon arrivée dans la vie. Une catastrophe sans doute. Les deux parents morts, ce n'était pas fréquent, même si c'était un mensonge. A Saint-Vincent c'était normal. Autour des petites filles il n'y avait que des morts. Et si nous étions hystériques, le soir, c'était bien à cause de tous ces morts. On arrachait les cheveux de la voisine, on déchirait ses vêtements, on se mordait, on crachait par terre, on fumait en douce... Les surveillantes avaient bien du mal avec nous. Les sœurs, elles n'avaient jamais été des mamans.

Moi, je pensais toujours au ventre dans lequel j'avais habité. Ce devait être une caverne molle et tiède, humide et rose, comme un sang mêlé de pluie. Est-ce qu'on pleure dans un ventre ?

Et maintenant cette adresse. Selna Revkov – 24, rue LINNÉ, près du Jardin des Plantes. C'est ça qui était marqué, c'est ça qu'ELLE avait écrit. Le 2 et le 4 bien côte à côte, la virgule et les majuscules de LINNÉ, comme si elle m'invitait, moi, sa petite plante, à rejoindre le jardin des enfants. Qui c'était

Linné pour abriter ainsi celle qui m'avait abandonnée ?

La sœur ne m'a pas donné la lettre de maman. Entre l'abandon et la mort il n'y a pas beaucoup de différence, une feuille de papier peut-être. J'ai seulement l'adresse. Le reste, elle m'a dit qu'elle l'avait déchiré. Peut-être que tout le monde a menti sur cette histoire. Marie-Thérèse, blanche et noire comme une leçon d'orthographe, cette femme à Paris qui prétend être ma mère, les sœurs de l'orphelinat... Et d'abord, comment m'a-t-elle retrouvée ? Moi, perdue en Italie, si loin déjà... Et le père, c'était qui ? Le sperme, il venait d'où ?

Avec une punaise, j'ai accroché l'adresse de maman au-dessus de ma table, là où je travaille. J'ai fabriqué une grande flèche en papier et je l'ai collée à côté. Le bout de la flèche tombait juste devant le numéro 24. Et sur la flèche, avec un gros feutre rouge, j'ai écrit : MAMAN.

30 septembre

J'ai hâte qu'Ignatio revienne. Bientôt je vais devoir quitter la résidence. Il me reste un peu d'argent mais je me sens toute petite maintenant. Moi qui étais si forte, il y a quelques jours. Juste avant Nevers, juste avant l'arrivée de Maman.

Suis allée marcher. Les garçons me regardent. Je fais celle qui est DÉJÀ mariée. Avec une mère, un mari, un appartement, une voiture, un chien peut-être... Mon enfance vient brusquement de faire irruption là-bas, quelque part du côté du Morvan... Elle a surgi d'un seul coup dans la vie normale, avec un ours en peluche, des parents, des bibelots, des baisers, le soir, quand on rentre, des œufs sur le plat quand on n'a pas le temps, des petits cadeaux et des engueulades. Alors, les garçons, ils peuvent toujours courir...

Ignatio est venu me rejoindre hier soir. Il m'informe qu'hier, en France, il y a eu la première diffusion d'une chaîne qui s'appelle ARTE. C'est une chaîne franco-allemande, dit-il avec une sorte de fierté comme si c'était une de ses victoires personnelles ! Je crois qu'il a raison d'être content. Non pas pour lui ou pour moi. Nous, on a déjà fait l'Europe avec nos amours, nos amitiés, nos livres. Il a raison parce que la seule vraie façon de regarder l'Allemagne, c'est de le faire à travers la culture... Moi, c'est ça qui m'intéresse. Le reste, je m'en fous...

Rome, le 5 octobre

Ça y est. Ignatio est là. Rigolard, hirsute, mal rasé, il est arrivé avec Hans dans ma chambre. A mon avis ils ne se sont pas lavés depuis huit jours.

Nous nous sommes embrassés comme des fous pendant que Hans, gêné, regardait par la fenêtre. J'ai caressé mon homme, ses fesses, son sexe, ses épaules, à travers les vêtements. J'ai léché sa barbe. Je riais. Il s'est arrêté d'un seul coup. Derrière moi, la tête dans mes cheveux, il a vu la flèche et puis l'adresse. J'ai recommencé à pleurer. Mais c'était de joie. Il m'a dit : « Qu'est-ce que c'est ça ? Cette flèche ? » J'ai répondu simplement : « C'est maman. » Alors Hans est parti et nous avons commencé à parler... Ignatio et moi...

Deux heures du matin. Il est là, sur le lit. Son corps nu est la seule réponse au tumulte qui s'est emparé de ma vie. Je regarde ses cuisses, sa poitrine, son sexe apaisé. Il dort. Je suis heureuse.

Bientôt nous partirons d'ici. Plus personne n'arrivera à nous faire peur. Je suis une femme qui a une maman.

6 octobre

Est-ce que je dois faire une lettre ? Ecrire rue Linné, avec des mots comme « ma chère maman » ? Ou alors

« J'arrive » ? « Ta petite fille » ? « Je t'aime » ? « Je t'embrasse » « Chère Selna » ?

Je ne sais pourquoi mais je retarde la simple perspective de cette rencontre. J'ai peur.

Je pense à ce que nous pourrions faire, tous les trois, Ignatio, maman et moi. A ce que nous pourrions oublier de faire aussi : ne rien raconter du passé, se découvrir simplement comme des nouveaux venus, des gens qui se rencontrent dans une croisière et qui vont boire un verre sans se poser de questions... Je suis comme tout le monde. Je viens à peine de sortir d'une femme avec mon petit visage affreux, mon corps sanglant, mes mains minuscules qui ne veulent pas s'ouvrir, passée comme ça, à travers un corps de mère vers une lumière dure où personne ne m'attendait.

Mais nous allons parler ! Deux femmes qui se regardent, cherchent des traces sur le visage de l'autre, souhaiteraient peut-être se reconnaître, rire, se toucher, parler d'hommes et de vacances... Leur histoire n'a jamais été partagée, il n'y a jamais eu de lampe que l'on éteint le soir, après un baiser sur le front, jamais de rhume au cœur de l'hiver, jamais de bras ouverts à la sortie de l'école...

III

Saint-Sauveur, septembre 1964

Simon est arrivé dans la maison abandonnée de Misha. A Versières c'est le vingtième anniversaire de la Libération. Il a pris la petite route, est monté au hameau avec Selna. Une Polonaise de dix-huit ans rencontrée à Paris. Là aussi c'est la fête. Il y a un orchestre, une petite piste de danse. Simon s'éloigne avec Selna. Il pousse la porte vermoulue du jardin. Il pénètre dans la maison de sa tante. Il vient d'avoir trente ans. Lentement il s'habitue à l'obscurité de la cuisine ; les volets ne laissent passer que quelques fragments de lumière. Ils se détachent au hasard sur un mur, une étagère. Ils tremblent avec le mouvement des feuilles, qu'agite au-dehors le vent de la vallée. La musique venant de la place s'est brusquement éloignée. Un bourdonnement de mouches contre les vitres, le craquement du bois, lui succèdent. Et le bruit des pas au milieu d'une absence qui semble venir de l'ombre elle-même.

Simon prend l'escalier qui monte jusqu'au grenier. Il dresse l'échelle vers la trappe qui, dans le plafond, est l'entrée de toutes ses songeries. Territoire secret lorsque la neige pèse sur le toit d'ardoise pour protéger l'enfant. Refuge hors du temps, sans véritables limites, abandonné à ses rêves, à l'univers qu'il s'est construit. L'odeur d'abord, fermée sur elle-même, odeur de vieux papiers, d'objets oubliés, monde d'insectes morts et de vies cachées. Toiles d'araignées, course rapide des souris, lumière grise qui traverse avec peine la seule lucarne, constellée de chiures de mouches. Ses yeux se brouillent un peu lorsqu'il bute sur un paquet de vieux journaux jaunis empilés contre une poutre de la charpente. Un titre de l'*Unità* du 7 septembre 1943 a été encadré, sur toute la première page, au stylo bille. « Le peuple et l'armée veulent la paix. La paix se conquiert en chassant les Allemands de notre territoire. » Des numéros d'*Italia libera*, d'*Avanti* du mois d'août 1943.

A côté des journaux largement déchiquetés il découvre une petite boîte en métal. Elle a résisté aux souris mais pas à l'emprise du temps. Elle est rouillée. Il y a une toile huilée à l'intérieur. Il l'ouvre.

C'est un Walther P 38, un 9 mm, avec un chargeur de huit cartouches. Un pistolet allemand. Simon fait fonctionner les mécanismes. La graisse a bien rempli sa fonction : l'arme semble neuve.

La trappe donnant accès au grenier est restée ouverte. Il entend la voix de Selna qui chantonne dans le couloir. Il descend, enlève l'échelle, la maison est sèche comme une grange de foin, il traverse la cuisine, s'étonne de retrouver la couleur blonde de Selna contre la vitre. C'est la seule femme depuis Misha. Elle s'effraie de cette arme qu'il porte à la main. Il s'assied sur le banc de bois, le pistolet posé à côté de lui. Il n'avait pas vu en entrant le bol en faïence bleue, le papier tue-mouches accroché au-dessus de la table, le pot à café en fer-blanc, les bocaux vides, un vieux torchon posé sur la toile cirée dont il reconnaît le motif de roses entrelacées. Maintenant il pleure doucement. Selna s'approche. Il la repousse de la main. Elle va s'asseoir sur le seuil de pierre. Il fait chaud. Elle regarde le jardin, les vieux murs, le tas de bois, un râteau cassé, l'herbe folle.

Toute la nuit ils ont dansé. Toute la nuit un orage a tourné autour du village. Simon a caché l'arme dans le coffre de la voiture. Elle repose là, comme un aimant dont il ne peut s'éloigner. Présence froide qui le retient. Et ce corps de femme qu'il caresse, corps doux, sueur à la naissance des seins, mouvement des hanches, des bras nus, ondulation des cheveux, lèvres ouvertes, et puis, si proche, la dureté du métal, la boîte de munitions, cette concentration vide de la mort.

Lorsque l'aube vient, ils retournent dans la maison de Misha. Là, ils s'aiment longuement, désemparés, roulant l'un sur l'autre, tombant parfois, silencieux et violents. L'arme, la peau, le désir, la faim et la mort, la maison, le grondement de l'orage... tout est devenu fissure et brèche à travers lesquelles, toute la nuit, sous l'averse qui est venue ils mêlent leurs vies. Dans la lumière grise du jour il ne reste plus que leurs deux corps fermés l'un à l'autre, leur stupeur et, tout autour, le silence du village.

Paris, juin 1964

Il a rencontré Selna devant une librairie polonaise du quatorzième arrondissement. Il est là, immobile, sur le trottoir. La vitrine reflète les mouvements de la rue. Derrière les livres présentés dont il ne peut comprendre les titres, il y a cette chevelure blonde qui fait une lumière douce, dorée, à l'endroit où la boutique est plus sombre. La jeune femme est penchée sur un livre, elle joue avec ses cheveux, les éloigne sans cesse comme si elle en était importunée.

Il est là et il pense à Apollinaire. Il a appris par cœur « Le pont Mirabeau ». Ce pourrait être une chanson, ces mots qui s'en vont vers la Seine. Il regarde la jeune femme et sans cesse ces mots-là reviennent : « Une eau courante... la vie est lente »...

Lorsqu'elle sort, leurs regards se croisent si longuement qu'elle en est gênée, inquiète. Il lui sourit.

Assise à la terrasse d'un café, il la retrouve quelques minutes plus tard. Il est étonné de son extrême jeunesse. Elle est plongée dans sa lecture.

A la table d'à côté, il se met à écrire. Elle s'efforce de ne pas le voir. Il fait bon. Paris sort de l'hiver et il y a dans les rues une sorte de grace, de bienveillance.

Il écrit : « Comme la vie est lente
Comme l'espérance est violente. »
Il ajoute : « Apollinaire... un Polonais... »

Il glisse la feuille de papier vers la jeune femme.

De nouveau, elle sourit puis le regarde attentivement, intriguée. Son front est plissé comme si elle avait à déchiffrer une énigme. Elle dit : « Je parle polonais, russe, je n'ai pas très bien français. » Elle reçoit un deuxième message de Simon : « Moi je ne parle pas du tout. »

Le soir même, ils dorment ensemble dans le studio de Simon.

Pendant deux mois une vie étrange se développe entre eux. Une vie de gestes, de sourires, de baisers, de messages écrits. Ce sont des petits mots, sur la table, sous la porte, épinglés

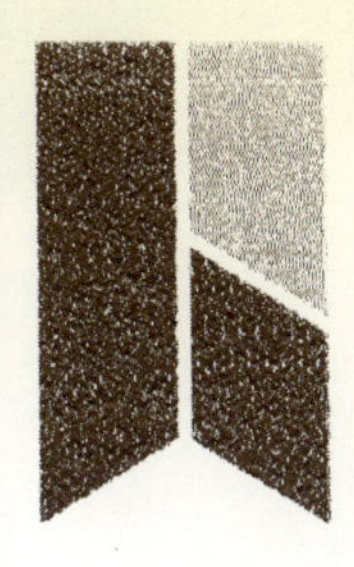

Hamilton
Public
Library

www.hpl.ca
Central - ES - Self Check Out #3
5/7/2015

Dial 905-546-3425 or login to
hpl.bibliocommons.com to view your
account. Dates are in MONTH-DAY-YEAR
format.

Library Card Number
**********1259

32022192244172
Le chercheur d'Afriques :
Date Due: 05/28/15

32022190396206
Les enfants de la libertÃ© :
Date Due: 05/28/15

32022205598697
central multilingual periodical
Date Due: 05/21/15

32022190396313
Le silence :
Date Due: 05/28/15

32022205598754
central multilingual periodical
Date Due: 05/21/15

No. Checked Out / No. Not Checked Out
5 / 0

sur l'oreiller, collés contre la vitre. Le studio est si petit que peu à peu les bouts de papier font comme une légèreté sur les murs, un univers de papillons. Ils aiment ne pas les faire disparaître, une fois lus. Les informations se chevauchent, se contredisent et l'on ne sait plus ce qui va arriver. Est-on proche de ce mardi à 18 heures, jour où il doit revenir ? N'était-ce pas celui de la semaine précédente ? Il a acheté des gâteaux pour le soir, ou bien : il doit s'absenter quelques jours. De quel soir, de quels jours s'agissait-il ?

C'est un jeu pour elle. Elle écrit parfois en russe pour lui dire qu'elle l'aime. Ils sont heureux de ne pas se comprendre. La confusion, la surprise, les quiproquos rendent la vie moins lourde pour Simon. Plus difficile pour elle. Peu à peu elle s'absente sans raison.

Il est triste, lui écrit des poèmes, des lettres d'amour. Elle revient. Simon a trouvé un petit travail dans une association humanitaire. Il passe sa journée à écrire des adresses sur des enveloppes. On lui donne une liste, il recopie. Il est rémunéré au nombre d'enveloppes pourvues d'adresses.

Il veut reconquérir la confiance de Selna. Il

lui écrit qu'il essaie de l'aimer. Mais qu'il n'y parvient pas toujours. Elle ne sait rien de son passé, elle ne sait rien de lui. Elle pose des questions sur son travail, son enfance. Elle progresse en français, suit des cours du soir. Elle veut PARLER.

Un jour il lui propose de partir pour la montagne. C'est un des petits papiers de la fin du mois d'août, collé sur la porte. Toute la France est en vacances et Paris est désert. Le village s'appelle Saint-Sauveur. Il écrit : « Juste quelques jours. » Et en grosses lettres, un seul mot : « ENFANCE. »

Selna s'occupe de louer une voiture. Elle fait les courses, elle est heureuse de partir.

Le dernier jour, à Versières, en descendant dans le hall de l'hôtel où ils avaient séjourné, elle trouve un mot à la réception. Pour la première fois dans une enveloppe à son nom. Il dit qu'il s'en va, qu'il ne peut pas faire autrement. Que faire autrement c'est mourir. Il la vouvoie. Il écrit le nom d'Apollinaire. « C'est comme ça que ça s'est passé avec vous. » Et il met des guillemets : « Ouvrez-moi cette porte que je frappe en pleurant. »

Paris, 1984

Il faut changer deux fois pour aller à Reutlingen. Il écrit très proprement la destination en lettres majuscules. L'employée est maussade. C'est un handicapé mental, pense-t-elle. Ou bien un imposteur qui demande de l'argent, montrant sa bouche, ses oreilles avec un geste d'impuissance. Mais il est beau. Il sourit. Alors elle souligne, sur une feuille de papier, les gares où il doit descendre, les horaires. Il acquiesce avec un mouvement de la tête.

A la frontière allemande il entend dans la gare des mots qui le déchirent, un bruit de langue dont il a conservé, au fond de lui, toute la peur. C'est intact. Ça n'a pas changé. Il s'enfonce dans ce pays de coteaux, de fermes, de petites gares, peu à peu s'éloignant de lui-même, étranger dans leurs regards. Grosses femmes, étudiants aux cheveux longs, contentement de soi, vieillards, précaution pour s'asseoir. Les maisons et les champs, les voyageurs qui l'entourent, les journaux et les rires d'une fillette, paix sur la terre, et de l'autre côté de la vitre, la lumière du printemps.

A Reutlingen, il descend d'abord dans un petit hôtel près de la gare. Il n'y restera pas longtemps. Ville de boches. Hygiène allemande. Sourires de boches. Difficile d'être là. Ces rues toutes neuves. Pas de guerre ici. Des soldats morts, peut-être, derrière les façades. Temps enfoui dans le fracas des bombes, les cris des femmes. Enfants boches de 1964. Tristesse du vide.

Octobre 1991

Livia arrive à Paris. Elle a voulu venir seule. Elle ne connaît pas la ville, immobile, figée dans ses avenues identiques, ses longues façades. Elle marche. Elle n'a pas eu de mal à trouver le Jardin des Plantes. Il pleut doucement autour d'elle. Les bruits ne sont pas les mêmes qu'à Rome. Pas cette chanson dans la voix. Tout est brouillé ici : les visages, les mots, le ciel... Toutes ces sortes de gris : le gris-bleu du goudron, celui plus clair des voitures, le gris-orangé des immeubles modernes, le reflet des nuages dans les vitres, les écorces grises et tachetées des platanes, les grilles de fer, la pluie sur les bancs...

Elle a obtenu une chambre pour un mois dans un foyer d'étudiantes. Ignatio a effectué toutes les démarches : il aime cette femme ; il aime en elle le désir d'enfance qui la fait trembler.

Mais il est inquiet. Elle pourrait ne pas revenir à Rome, s'éloigner de cette vie qu'ils ont construite, tous les deux, dans l'insouciance et les livres. Il écrit. Il s'est approché de Simon au plus près, jusqu'à en frôler la vie silencieuse, prenant le relais de Livia qui lui a laissé les documents, les lettres, les photos. Elle compte sur Giorgio qui pourra continuer à remonter le cours du temps. Elle sait que ces moments sont intacts, où les deux hommes ont partagé leurs guerres, le même froid, leur jeunesse. Giorgio et Simon, une histoire d'hommes étonnés par la mort.

Avant l'aube, dans la chambre trop chaude, elle s'est habillée, s'est changée plusieurs fois, cachant ses cheveux sous un foulard, les dénouant, revenant devant la glace, reprenant le maquillage. Elle grimace. L'angoisse, les mots accumulés tout au long de la nuit : mère-misère, absence du père, mensonge, proie et sperme, chemin fermé... se déplacent en elle, se chevauchent. Imposture.

En sortant du foyer, elle se rend compte qu'elle a emprisonné son corps. Jupe longue, bottes, manteau, capuche... Elle se voit vieille et laide. Elle retourne et se change encore.

Elle s'approche de la rue Linné, elle passe devant le numéro 24. Presque en courant, retenant son souffle et son regard. Elle voit tout de même une porte banale, à deux battants. Elle s'éloigne rapidement. Porte de la mère. Les mots cognent. Cœur à deux battants. Passage étroit de la mère. Trou noir. Vie cachée.

Le lendemain, elle revient. Le couloir est sombre, les boîtes aux lettres métalliques sont alignées sur trois rangées. Selna Revkov. C'est une carte de visite qui a été découpée puis insérée dans l'espace réservé aux noms. Il n'y a pas le mot madame, ou mademoiselle, ou infirmière, journaliste, professeur, quoi que ce soit d'autre. Pas de profession, rien qu'un prénom signalant sans doute une solitude, un exil, la fin d'un voyage. Et puis, écrit à la main, « deuxième gauche ».

Le jour suivant il y aura dans la boîte le mot suivant : « Je suis à Paris. Je viendrai vous voir demain. Je suis votre fille. » Elle avait signé en tremblant « Maria-Livia », avec, sur chaque *i* de ses deux prénoms, un signe minuscule dessiné comme un oiseau sur la mer.

Reutlingen, mai 1984

Wienerstrasse. Ville boche. Cris et meurtres, défilés, bannières... Citoyens paisibles, rue commerçante près de la gare. Après l'hôtel, il a loué un studio au premier étage d'une petite maison, avec un balcon sur la rue. Il a payé en liquide pour un mois, a écrit sur des feuilles différentes « je ne mangerai pas ici », « je vous remercie », « je suis français », « je ne parle pas », « je vais rentrer tard », etc. Il avait longuement traduit en allemand chacune de ces phrases. Il y avait des fautes et la propriétaire, après un moment d'inquiétude, a finalement accepté. Pas d'indulgence ici. Pas de gaieté des mots. Sévérité allemande. Pas de rêve. Seulement la guerre.

Elle est surprise lorsqu'il lui présente la feuille « je peux faire le ménage ». Elle rit, avec sur la bouche un rictus mécanique, un peu contraint. C'est une femme maigre aux cheveux tirés soigneusement vers l'arrière, ramassés en chignon. Regard dur dans un visage aux pommettes roses et saillantes. Femmes allemandes. Femmes de soldats, canons et fleuves. Naissance de la folie.

Chaque jour il marche, traverse la ville jusqu'aux champs qui l'entourent. Le bruit des chars sur les routes. Les chenilles. Il va regarder le départ des trains à la gare. Grondements très anciens des locomotives. Parfois il reste immobile, pensif pendant de longues heures sur le banc d'un square, au bout de la rue. Des fleurs jaunes, étoiles portées sur la poitrine. Fleurs juives dans le bruit des trains.

Un petit immeuble de trois étages, au numéro 37. Des géraniums sur les balcons. Les premières fleurs. Ville sévère, fermée sur la paix, prudente. A côté de son studio, il y a une école – les cris des enfants, les mamans, le soir –, un peu plus loin une épicerie, puis au bout de la rue, un supermarché près d'une boutique de vêtements pour hommes : chapeaux tyroliens, vestes de chasse, costumes d'un autre âge. Cuir de la guerre, chants des soldats.

A midi, il déjeune à la brasserie de la gare. Bière boche. Odeurs.

Le troisième jour la serveuse le reconnaît. Il la regarde sans la voir. Les autres clients sont pressés, maussades. Souvent ils lisent le journal. Jeune et forte, seins moulés dans un corsage blanc. Elle se baisse un peu trop parfois, pour le servir. Il montre sur la carte les plats qu'il veut commander. Son sourire absent la rend patiente, elle n'a jamais vu encore un homme si désemparé. Elle revient souvent à sa table pour voir si tout va bien. Il a écrit sur un bout de papier : « *Das ist ganz gut. Danke.* » Il fixe la vitre qui le sépare des quais. Il veut repartir. S'éloigner des gens d'ici. Surtout des vieux dont il voit le temps brisé, accompagnant les moindres gestes. Casques qui renvoient toujours les mêmes images, les chansons.

Le boiteux passe tous les jours devant lui. Simon le regarde du balcon. Tranquillement, comme ça, du premier étage. Bientôt ils se saluent en inclinant la tête. Althorn a toujours le même costume marron, élimé, un chapeau de chasse, un cabas pour aller au supermarché.

Un jour il soulève légèrement son chapeau, sans un mot. Simon répond en levant doucement la main. Nonchalance des gestes perdus. Politesse allemande. Il regarde la silhouette s'éloigner. Il a un petit dos maigre, le boiteux, il se dandine vers le bout de la rue, en ôtant parfois son chapeau devant un passant. Généralement personne ne lui parle, personne ne fait attention à lui. « *Ein Offizier* », dit la logeuse. Elle dit aussi « *Promenade* », un mot pour faire plaisir, pour rappeler qu'ils sont nombreux ici à se retrouver au plus lointain de leur jeunesse.

Il regarde chaque matin cet homme qui marche pour rien, pour prolonger sa vie, il pense que tous les vieux Allemands doivent ainsi pousser leurs vies devant eux comme des chiffons.

C'est un matin du mois de mai. Simon se lève. Il s'habille très lentement. L'air est frais, mêlé d'une vie nouvelle. Les cris stridents des enfants, dans la cour de l'école. Plus aigus que d'habitude. Dans sa poche, le poids, la solitude de l'arme. Il a chaud. Il remonte la rue. Le boiteux lève son chapeau et sourit. Il n'y aura qu'un seul coup de feu. Exactement à la place du cœur.

Paris octobre 1991

Livia arrive dans la rue Linné. Elle a tourné longtemps dans le Jardin des Plantes. Elle ne sait plus très bien où en sont les mots qu'elle a préparés. Peut-être, elle ne dira rien. Elle repense à sa rencontre avec sœur Marie-Thérèse. Elle craint de trop pleurer. Peut-être aussi de haïr.

Une grande dame blonde. Une belle femme. Elles se regardent. Il n'y a pas un mot. La mère tend ses deux mains et Livia ne bouge pas. Ce n'est pas elle qui pleure. Deux filets de larmes seulement sur les joues de Selna. Et puis ce silence qui dure, les deux femmes face à face. C'est ça, pense Livia : deux femmes. C'est une grande pitié, ces deux corps. Ce sont ces mots-là qui habitent la pensée de Livia.

Elle ne sait plus ce qu'il y a eu ensuite dans cet appartement. Peut-être du temps, pas autre chose que ça : du temps dilaté, voulant reprendre toute la place qu'il avait perdue.

Le silence

Elles sont assises maintenant. Serrées l'une contre l'autre. Livia tremble. Elle ne connaît pas cet amour-là. A du mal à s'y réfugier. C'est la première fois.

Reutlingen, fin mai 1984

Simon au milieu du trottoir, le pistolet à ses pieds, le jouet perdu d'un enfant. Le bruit est resté suspendu comme un linge noir sur la rue, entre les maisons. Il couvre encore la lumière et les gens. Des fenêtres s'ouvrent.

Il y a des cris, des appels, une sirène de police bientôt. Il se laisse faire, les yeux fixés vers le sol où a coulé lentement sa mémoire et le sang qui l'accompagnait. On l'emmène. La brutalité des policiers, le visage multiple des passants, la fureur dans les magasins.

Au fond de la petite cellule du commissariat de Reutlingen, un homme est assis. Une simple grille de fer le sépare de l'agitation des policiers, de leurs regards appuyés, satisfaits, de leurs voix auxquelles il ne s'accoutume pas. La logeuse est là. Il entend : « *Ein Franzose.* »

Les loups dans la montagne, leur étonnant silence lorsqu'ils traversent le bois perdu, leur légèreté... Il est totalement libre maintenant. Les portes en fer, les menottes, les revolvers accrochés aux ceinturons, tout cet acier autour de lui, c'est une liberté. Ce n'est pas du bonheur, non. C'est quelque chose d'aussi enivrant que le vent froid, la glace. Il respire. Son corps n'a plus d'importance. C'est comme s'il en était débarrassé, inutile. Il se souvient des sapins, des fleurs, de la résine qui colle aux mains, de la mousse. Il se souvient de tout. Il est à l'intérieur du vent. Il est la feuille qui tombe lentement. Il sourit.

Stuttgart, novembre 1985

Le procès c'est douze jours de silence. Ça n'a pas commencé tout de suite, comme ça. Il y a d'abord eu des paroles normales, des questions, des papiers qu'il faut lire, des bruits de pas… Et puis, peu à peu, c'est le silence qui a progressé comme une ombre. Les mots se sont affaiblis. Ils ont cédé la place aux chuchotements, aux confidences. Les juges, les témoins, les avocats, les graphologues, les experts, les psychiatres, les historiens se sont succédé comme à des obsèques, à pas feutrés et Simon n'entend pas. Il est dans une immensité qui l'entoure, bien loin des robes noires, loin du premier tumulte et des paroles qui ont suivi. Il obéit à ses gardes, se laisse conduire. Peu à peu il entre dans un temps sans rivage. Autour de lui il n'y a que des silhouettes. Les voix allemandes sont des cadavres qui disparaissent au fil d'un fleuve apaisant, régulier.

C'est une *Schwurgericht*, une cour d'assises. Trois juges professionnels et trois jurés, des photographes devant le tribunal, des caméras, des micros.

Parfois, Simon ferme les yeux. Il ne dort pas, il attend le moment du retour vers la prison. Alors, tout le monde se lève, et on peut lire comme un contentement sur son visage. Il sait que la nuit va venir.

En France son nom apparaît dans les magazines. Une photo revient souvent : pull-over à col roulé, cheveux courts, il est encadré par deux policiers allemands. Un journal écrit : « Le muet de Stuttgart. » Un titre qui va revenir plusieurs fois. Mais sa photo est vite chassée par le visage grave d'une petite fille, en Colombie. Elle s'enfonce lentement dans la boue et personne ne peut la sauver. Elle s'appelle Omaira et toutes les caméras du monde filment une agonie qui va durer plusieurs jours.

Paris, 12 octobre 1991

Elles ont parlé. Elles ont parlé longuement. Livia voulait rester. Elle aurait pu dormir par terre. Peut-être aussi dans le lit de Selna. Mais Selna n'a pas voulu. « C'est trop petit, dit-elle. Tu ne peux pas. J'attends quelqu'un. »

Et elle parle. Elle est secrétaire interprète dans une entreprise qui exporte en Pologne. Elle est venue en France illégalement, sans papiers, ni travail. Livia aimerait poser des questions. Mais c'est difficile. Selna parle de sa vie, de ses soucis, de ses problèmes d'argent, de logement. Maintenant, elle est en règle. Elle a la nationalité française. De temps en temps, à la dérobée, elle pose des yeux inquiets sur sa fille mais ce qui l'intéresse c'est sa propre histoire. Elle en remonte le cours en cherchant les mots. Alors Livia regarde la chambre. Une grosse peluche sur le lit, des dentelles aux fenêtres, des fanfreluches, des bibelots, des rubans. On dirait... mais elle s'arrête... Elle pense à une chambre de prostituée. Elle a vu, au cinéma, le goût de certaines femmes pour la couleur rose, les plumes, la mièvrerie. Une façon de chasser la pauvreté si encombrée par le corps des hommes...

C'est le soir du premier jour. Le premier jour de la mère et de la fille. Il n'y a rien eu avant. Il n'y aura plus rien après. Cette vie-là n'aura duré qu'un seul jour. Trop long déjà pour tous les mots ensevelis, jamais prononcés.

Livia se lève. A présent elle veut s'en aller. Elle n'en peut plus de cette femme qui parle comme une morte, qui lui montre ses bijoux, qui va, sans doute, d'amant en compagnon, de jeune étudiant en petit fonctionnaire, qui s'attarde le soir au Jardin des Plantes lorsque passent de vieux messieurs. Elle a tout compris, Livia, tout deviné. Sauf son père. Sauf l'homme qui a fait don à cette femme d'une fille si lointaine. Alors elle dit simplement : « Maman je vais partir, dis-moi simplement qui était mon père. Je ne veux qu'une adresse, un mot, une trace, le souvenir d'un compagnon. C'est tout ce que je te demande.

Tu avais le droit de m'abandonner. Tu avais le droit de m'oublier. Tu avais le droit de ne pas m'aimer. Mais lui ? »

Alors Selna gémit : « Je n'ai rien. Je n'ai plus rien. Il s'appelait Simon. Il ne disait jamais rien. Il est parti un jour et il a disparu pendant vingt ans ! » Livia s'est redressée. Elle comprend. Elle a fait ça d'un bond. Si brusquement que la mère a eu un mouvement de recul. De la peur peut-être. Livia n'a pas une larme, sa bouche est dure, son regard traverse le visage de sa mère. Qui baisse la tête, poursuit : « Nous nous sommes aimés, je t'assure. Je l'ai rencontré à Paris. Je venais d'arriver en France, j'étais passée par la Suisse. Lui revenait d'Italie. Nous sommes allés ensemble dans la montagne. Il était comme un chien perdu. Il cherchait des gens. Il montrait des photos, ne parlait jamais. Ces photos je les ai vues. Elles n'avaient aucun intérêt. On voyait de jeunes hommes avec des casquettes comme on les portait autrefois... Certains avaient une arme. Moi je n'aime pas ça. Peut-être des souvenirs de la guerre. Mais tu sais, Simon il n'avait pas fait la guerre... Alors je ne comprends pas. Il était beau. Je l'ai aimé. Mais lui, je crois qu'il n'aimait personne. Il parlait tout le temps en silence. Avec lui-même. Comme s'il y avait quelqu'un, en lui, au fond de lui, qui répondait... Sans arrêt, je voyais dans ses yeux des phrases qui passaient. Oh, elles ne restaient pas longtemps mais elles passaient.

Il a tué un officier allemand. Tu comprends ? En 1984. Je l'ai vu à la télévision. Après son procès je suis allée le voir en prison. Je parlais et il souriait. Il écoutait simplement. J'avais appris toute l'histoire dans la presse. C'était une histoire folle. Mais je m'en doutais, tu sais. Cette arme qu'il avait conservée, rangée, entretenue et qui avait disparu avec lui... Tout ça... J'étais là lorsqu'il est allé la chercher dans la maison de sa tante. C'était tout au début de notre amour, l'anniversaire de la libération du village. Tu ne peux pas savoir comme il était beau, ton père. Après j'étais enceinte. Il ne le savait pas : il m'avait abandonnée dans cet hôtel de Versières. Il était parti... Il partait tout le temps. Tout ça... Je ne l'ai pas revu pendant un an. Tu étais déjà née... Je ne sais pas où il était allé.

Un jour il est revenu. Je ne lui ai rien dit sur toi. Mais je crois qu'il a deviné. J'habitais en banlieue à ce moment-là. A Aubervilliers.

Peut-être des voisins qui auraient parlé. Tu sais, les gens ils aiment bien ça, les embrouilles... Moi, j'avais fait une tentative de suicide. Je pensais que Simon ne reviendrait jamais. Et toi, tu étais chez les sœurs... Après ça, il est reparti. Je ne l'ai revu qu'en prison, si longtemps plus tard... !

Livia est restée totalement immobile, bouche entrouverte, elle murmure « mon dieu, mon Dieu », regarde sa mère avec effroi, le temps s'est posé sur elle et l'empêche de bouger, à vrai dire la répulsion du temps.

Elle se met à pleurer, Selna. Elle pleurniche plutôt. « C'étaient des sœurs du Bon-Secours. Elles voulaient te garder pour que tu sois religieuse... Mais c'est moi qui ai imaginé ça. Je ne sais plus. Peut-être c'était pas vrai. Tu dois me pardonner. Je te le demande : pardonne-moi... C'était pas possible, tu comprends... J'avais besoin d'un homme... Il y avait son silence... Et il partait... Je ne savais même pas où... Je n'avais pas d'argent, tu comprends ? Qu'est-ce qu'il fallait que je fasse ? Une femme seule, comme ça, sans argent, elle peut pas vivre... Y faut pas raconter d'histoires... J'avais pris un copain. Un petit plombier.

Mais il voulait seulement coucher avec moi. Lorsque Simon est revenu, je l'ai chassé. Mais toi, tu étais déjà loin, à l'orphelinat... J'ai écrit aux sœurs uniquement pour te demander pardon, pour voir ton visage... Je voulais savoir si tu lui ressemblais. Tu sais, je ne suis pas une maman... Je suis juste une femme qui essaie de s'en sortir... Les hommes, ils profitent toujours de nous... Il faut que tu te souviennes de ça. Tu as un homme dans ta vie ?

Simon, je dis pas, il n'était pas mauvais. Il était absent, c'est tout. Jamais là. J'ai compris, après le procès. Toujours avec son histoire de père. Tout ça... Moi, mon père, quand j'avais quinze ans, il m'a mise au boulot. Près de Cracovie. Dans une usine. Il était plus catholique que le pape... La Vierge noire, tout ça... Mais l'usine, c'était son idée. Alors j'ai appris l'électricité. Il fallait faire des petits circuits électriques. C'était avant les ordinateurs, tu comprends... Toute la journée, avec les yeux qui pleurent à la fin, parce que t'y vois plus rien... Et puis, tu sais, les ouvriers, là-bas... Très catholiques aussi... Mais ils ont envie de te sauter quand même. Dans les vestiaires, dans les toilettes, tout ça... Je savais que j'étais bien foutue... C'est des pervers, les types... Ils avaient que des grosses femmes, des affreuses.

Alors, quand j'ai rencontré Simon, c'était le bonheur. Délicat, gentil, silencieux, tout ça...

Maintenant, je te le dis, je sais même pas où il est. Peut-être il est mort. C'était un drôle de type. Si tu cherches à le retrouver, ton père, tu auras du mal. Il aime pas les gens, je crois. Quand on sonnait à la porte, à Aubervilliers, il se réfugiait dans la salle de bains. Il voulait voir personne.

Moi je crois qu'il est mort. Quand je suis allée le voir dans sa prison, là-bas, en Allemagne, juste après son procès, il ne parlait toujours pas. Je crois qu'il a pris cinq ou six ans. Et après, comme d'habitude, il s'est caché. Je ne sais pas où... Un jour, j'ai voulu lui écrire. Je voulais lui parler de toi. Je leur ai expliqué, aux juges, qu'il avait un enfant. Si jamais il voulait te voir... Ils m'ont répondu, les Allemands. Ils m'ont donné une adresse à Grenoble. Simon, à sa libération, a été obligé de dire où il comptait habiter. C'est la loi. Tiens, je l'ai encore la lettre de la prison. Mais il te répondra pas, si jamais tu lui écris. Il est pas sûr que tu existes... Et c'est probablement une fausse adresse. »

Le silence

Livia est partie. Dans son esprit le monde est un immense désordre, le monde s'est tordu sur lui-même. C'est une plante qui n'a pas assez de soleil. Le monde est peuplé d'enfants qui se cherchent et ne se trouvent jamais. Le monde est fait de chiens jaunes et d'enfants perdus.

Dans son monde à elle, ce n'est plus qu'une bête entravée qui voudrait courir. Elle se cogne à tous les murs. Elle se retrouve dans la rue, parmi les hommes, elle voudrait s'accrocher à une gentillesse, n'importe laquelle. Celle d'Ignatio ou d'un autre, un mendiant, un passant qui, voyant ses larmes, comprendrait que lorsqu'on glisse ainsi vers la nuit, il n'y a plus que l'odeur de l'autre à quoi se tenir pour ne pas sombrer.

Stuttgart, 1986

La prison ce n'est rien, c'est juste un endroit pour la mémoire. On y croise des souvenirs inattendus, les témoins d'autres vies, des gens qui viennent, comme ça, au milieu des murs où ils sont enfermés. On ne sait pas très bien pourquoi ils sont là. Ce n'est jamais de leur faute.

Simon vit avec le souvenir d'un procès qui n'était pas le sien. Ce n'était peut-être pas un procès mais une répétition comme dans un théâtre. Il se souvient de Karl Althorn, le fils de Günther. Simon se souvient toujours des visages. Celui-là un peu bouffi, pas très clair. Quelque chose de sournois. Un homme dérangé au beau milieu d'un mauvais coup. Il disait ça, le fils : « C'est pas les juifs qu'il haïssait, mon père. C'étaient les Noirs de l'armée française. Moi les juifs je m'en fous. Ce qui m'intéresse, c'est mon boulot. Qu'il soit pas pris par un autre. Alors ce type, là, devant moi, ce Simon Leibowitz, je ne sais pas qui c'est. Mon père, il le connaissait même pas. Pourquoi, si longtemps après, est-il venu jusqu'ici pour le tuer ? Mon père c'était un officier. Pas un terroriste. L'armée allemande, elle était en guerre. Moi, c'est pas mon problème ce qu'ils ont fait, les uns et les autres. Des morts, il y en a eu des deux côtés. Ce que je sais maintenant, c'est que ma fille, qui vient juste d'avoir sept ans, elle a plus son grand-père. C'est tout. Je vous demande de le juger comme un terroriste. Celui-là, c'est pas parce qu'il ne dit jamais rien qu'il a le droit d'assassiner comme ça quelqu'un en plein jour. Ça serait trop facile ! On a raconté beaucoup de choses sur mon père. Que des bêtises ! C'est les Français, les Américains, les communistes qui ont fait des histoires là-dessus. Quand on est un bon citoyen, on fait la guerre parce qu'il faut la faire. Il y a toujours des ordres dans une armée. Dans l'armée française aussi. Tenez : les Noirs, eux, ils coupaient la tête des soldats allemands qui s'étaient fait prendre. C'est arrivé souvent vous savez. Des prisonniers... Vous vous rendez compte ! Personne n'a protesté ! On n'a pas fait de procès pour ça. C'étaient des sauvages. Mon père, c'était pas un sauvage.

Moi, je dis toujours qu'il faut que chacun reste chez soi. Les Noirs, ils devraient rester en Afrique. Là-bas c'est chez eux... »

C'est à ce moment que le président lui a coupé la parole. « Vous ne pensez pas, monsieur Althorn, que les Allemands aussi, ils auraient dû rester chez eux ? » Cette phrase, on l'a retrouvée dans tous les journaux français. C'était une phrase comme on en cherche parfois dans les livres.

IV

JOURNAL DE LIVIA

Janvier 1992, Rome

J'ai mis longtemps à reprendre ce journal. L'ébranlement provoqué par la rencontre de ma mère, par le discours minable qu'elle m'a tenu... Ce n'était pas très facile à vivre.

J'ai vécu ces derniers mois dans une telle fébrilité qu'il m'était pratiquement impossible de poursuivre mon projet de thèse. En réalité, je l'ai abandonné.

Il me semble, a posteriori, que tout est venu de cette image à la télévision. C'est là, à ce moment-là, que tout s'est déclenché. J'avais l'impression de me voir, moi ! Ou plutôt de voir exactement, comme sur une carte, de grandes régions, encore inconnues, qui seraient restées en blanc. J'avais l'impression de voir ce qui me manquait à moi pour que la carte soit complète. Son regard perdu c'était ce qu'on m'avait enlevé. Maintenant, il me semble que lui et moi, ensemble, nous ne laissons plus aucune place au vide qui nous a habité.

Nous nous ressemblions tellement sur cet écran ! Et moi non plus je ne veux pas trop me pencher au-dehors, chercher la vérité des humains lorsqu'ils ne la veulent pas pour eux-mêmes.

Bien sûr, à Grenoble, je n'ai rien appris. En revenant de Paris, je m'y suis arrêtée. Une petite villa de banlieue, à côté d'une usine. C'est un dénommé Coindreau qui m'a ouvert. Pas très poli, le Coindreau. Il était passé par une agence pour louer la maison. Les gens qu'il y avait avant, il n'en savait rien. Ce n'était pas son problème. Il m'a pratiquement claqué la porte au nez !

Je vais écrire à l'agence... On ne sait jamais. Mais je commence à être un peu découragée...

J'ai obtenu un poste d'enseignante au lycée français de Rome. C'est un remplacement. Toujours mieux que rien... On a loué un studio, avec Ignatio. Hans, l'étudiant allemand, habite quelques rues plus loin. Ils ne se quittent plus, Ignatio et lui. Maintenant, avec Julia, on fait une sorte de bande, tous les quatre.

Ignatio s'est replongé dans le livre qu'il écrit sur Simon. Il m'en lit parfois des extraits. Je lui ai tout donné : ma thèse, les lettres de Simon, l'enregistrement de Giorgio, les photos... Je lui ai raconté, dans le détail, l'entrevue avec ma mère. Il a été moins étonné que moi. Depuis le début, avec lui, j'ai le sentiment qu'il devine les choses un quart d'heure avant moi. Il précède les événements, il m'a toujours précédée. La relation entre Giorgio et le père de Simon, la découverte du village de Saint-Sauveur... Aujourd'hui il m'apporte des articles de presse, des commentaires sur le procès de Simon. Hans les a recueillis, en Allemagne, avec beaucoup de soin.

Je vais coller sur mon cahier les deux documents qui m'intéressent le plus. A côté de ces témoignages, Hans m'a ensevelie sous les banalités : la réconciliation franco-allemande, l'Europe et la paix, la lutte contre le communisme, etc. Mais c'est toujours la même chose : des généralités, des mots abstraits.

Moi, je voudrais pénétrer dans la tête de Simon. Je voudrais l'accompagner, ce père-fantôme, dans le chemin qui va de la montagne à la mort, je voudrais avec lui sentir les odeurs de cuisine dans la prison, voir le visage d'Althorn juste au dernier moment, sa bouche ouverte, sa peur, renifler la main de David (mon grand-père ! ! !) sur les cheveux de son fils... L'Histoire c'est ça. Après on peut parler de Yalta tant qu'on veut...

Le premier texte que je colle ici, c'est une « libre opinion », parue dans *Die Welt*, en 1985, au moment du procès. C'est signé d'un certain Kurt Wahlberg. Un avocat. Le titre qu'avait donné le journal, c'était « L'argent de la honte ».

> « Il n'a rien dit devant les juges. Cela fait des années, semble-t-il qu'il n'a rien dit. Il ne parlera plus. Mais c'est un procès exemplaire. L'Allemagne aurait-elle décidé de comprendre la haine qu'elle a suscitée dans le monde ? Cette question d'une responsabilité collective du peuple allemand s'est diffusée peu à peu, au-delà du palais de Justice de Stuttgart. C'est devenu une question pour chaque citoyen de la République fédérale. Une interrogation

posée d'une génération à l'autre. Pourquoi cet homme, Simon Leibowitz, quarante après l'écrasement du nazisme, est-il venu dans notre pays pour y exécuter une sentence qu'aucune justice n'avait ordonnée ? Y aura-t-il jamais un pardon pour le peuple allemand ? Et qui pourrait le lui accorder ?

Certes l'ancien officier nazi, Althorn, n'est plus là pour répondre. Mais les avocats de sa famille qui ont demandé 300 000 D.M. de dommages-intérêts, se réfugiant dans la stricte lecture du droit, ont-ils mesuré ce que cette exigence signifiait pour nos jeunes compatriotes et au-delà d'eux, pour une lecture sereine de l'Histoire ? N'ont-ils pas pris le risque considérable de voir, de l'autre côté du Rhin, en France, des plaies s'ouvrir de nouveau ? Les réactions qui commencent à diviser l'opinion publique chez nos voisins soulignent à quel point il faudrait que nous fassions d'abord, avant toute chose, la paix avec nous-mêmes.

Nous savons que la justice individuelle n'est pas la justice. Nous ignorons dans notre droit la terrible loi de la vengeance. Et nous avons raison. Mais si nous commençons dans notre pays, à propos des bombardements de Dresde à évoquer – je cite – “cette autre barbarie" qui serait, elle, anglaise et américaine, si nous refusons d'admettre que le gouvernement de Bonn connaissait depuis les années cinquante le pseudonyme d'Eichmann et probablement le lieu où il se cachait... si nous avons laissé prospérer trop longtemps, dans l'appareil d'Etat, dans la magistrature, d'anciens responsables nazis, alors posons-nous la question de savoir quel est le message que nous adressons à la jeunesse allemande d'aujourd'hui.

Ces 300 000 D.M., s'ils étaient imposés par la justice, ce serait l'argent de la honte. Le tribunal de Stuttgart peut ordonner une mise en détention de Leibowtiz. C'est notre droit d'aujourd'hui et il faut le respecter. Peut-il exiger davantage ? Peut-il humilier à ce point ceux qui ont été humiliés ? Peut-il consacrer par un jugement indigne la destruction qui se prolonge sous nos yeux, d'une vie humaine meurtrie par l'Histoire ? Je ne doute pas, pour ma part, que le silence de M. Leibowitz soit une blessure. Ce n'est pas aux Allemands d'aujourd'hui de la rendre encore plus cruelle.

Dr Kurt Wahlberg – avocat. »

Le deuxième document est la lettre qu'un jeune étudiant allemand en théologie a adressée à Hans, l'ami d'Ignatio. Je la colle à côté de l'article du Dr Wahlberg.

Mon cher Hans,

J'ai été heureux d'avoir pu te rencontrer à Berlin la semaine dernière. Je souhaite préciser certains points de notre entretien car ils me tiennent à cœur. Tu peux naturellement en faire part à ton ami italien.

Je t'ai dit l'autre jour que le point commun de toutes les guerres ce n'était ni le courage ni l'héroïsme. Ces qualités sont toujours exceptionnelles et on a beaucoup de mal à les définir ou même à en reconnaître l'existence. La guerre révèle d'une manière implacable le mal qu'il y a en chacun d'entre nous. Ce mal n'est pas à l'extérieur de nous (la classe, la race), mais en nous.

Comme tu le sais, je suis protestant. J'ai bien retenu aussi la leçon commune aux juifs et aux chrétiens. « Si je ne suis responsable que de moi, suis-je encore moi ? » (Rabbi Hillel). La première faute c'est donc en tout premier lieu celle que je commets. La seconde c'est celle que je laisse commettre. Quand Hillel pose la question « Suis-je encore moi ? », il veut dire : suis-je encore un homme ? Suis-je encore digne d'être un homme ?

Si je t'écris cela, c'est parce que nous avons parlé des polémiques nées en Allemagne autour du procès Leibowitz. Je ferai là-dessus deux remarques :

La première c'est que personne (ni les juges, ni les journalistes, ni les avocats) n'a évoqué cette réalité : Simon Leibowitz était juif. Fils d'un juif assassiné non pas tellement parce qu'il était résistant, mais surtout parce qu'il était juif. Il faut se rappeler qu'il a sans doute été dénoncé pour cette raison. Je veux dire que l'absence de toute référence à la judéité de M. Leibowitz est très caractéristique de ce trou noir dans lequel les Allemands d'aujourd'hui ont enfoui leur mémoire. Voulaient-ils vraiment SAVOIR ? Veulent-ils vraiment comprendre l'extraordinaire solidarité qui existait entre les bourreaux et le peuple lui-même ?

C'est déjà ma deuxième remarque. On ne peut pas facilement distinguer responsabilité individuelle et responsabilité collective. Il a bien fallu les deux pour que ça fonctionne. Il a bien fallu cette immense chaîne de responsabilités individuelles pour que la machinerie du crime soit soutenue par les foules de Nuremberg, par l'enthousiasme de tout un peuple, par le conducteur de locomotive, le bureaucrate, la mère de famille, par les bras levés, la discipline acceptée, la haine reçue comme une vérité.

Voilà, cher Hans. Je voulais simplement ajouter cela à notre conversation de l'autre jour. J'espère que dans le livre de ton ami italien, il sera possible de faire juger non pas l'Allemagne en tant que telle à ce moment-là de son histoire mais ceux – tellement nombreux – qui ont contribué à la déshonorer.

Ton ami, Ludwig

Rome, septembre 1992

Maintenant mon journal ressemble à un dossier judiciaire. Ignatio s'est rapproché de moi et nous travaillons ensemble. Il y a un côté « policier » dans notre couple. Nous traquons un homme. Peut-être un mort... Mais un homme qui, par le hasard de l'Histoire, nous touche tous les deux.

C'est ainsi que nous parlons beaucoup de nos « vies parallèles » à la manière de Plutarque, mais chez Plutarque, si mes souvenirs sont bons, il n'y a pas de femme...

J'essaie d'être une historienne. Ignatio essaie d'être un écrivain. En fait nous ne sommes que deux enfants à la recherche d'un père. Du Père qui est toujours « aux Cieux », dans l'admiration qu'on lui porte, dans l'effacement ou le reproche, c'est la même chose. Mais chacun privé de mère, chacun étonné par la cruauté des hommes, chacun à la recherche d'une Italie mythique qui serait la patrie des chansons et des vignes, du théâtre et de l'amour. Une Italie extravagante, un peu sauvage aussi, image d'Epinal des désirs et des emportements. Au fond, ni l'Italie ni la France n'ont pour nous d'existences réelles. Ce sont nos rêves ou nos regrets qui les ont formées.

Rome, 13 septembre 1992

Je voulais calmer Ignatio. Il envisageait de faire appel à la police française pour savoir ce qu'était devenu Simon... Et aujourd'hui même je reçois cette lettre qui sera peut-être une nouvelle piste à explorer. Je ne lâcherai pas le morceau. Si l'issue de tout cela, pour Simon, c'est le couvent, l'ermitage, le changement d'identité, le suicide, qu'importe, je veux le savoir. Après tout, c'est mon droit.

Monsieur André VIGNON
Agent immobilier
S.G.I.L
12 rue Jean Jaurès
38 000 GRENOBLE

Madame,

Vous avez souhaité connaître auprès de notre agence le nom du locataire qui a précédé M. Coindreau, au 118 de la rue Guynemer à Echirolles. D'après votre lettre cette personne serait votre père.

Je vous informe que M. Simon Leibowitz faisait, au moment où il a occupé cette villa, l'objet d'un contrôle judiciaire.

En effet, après avoir été interné en Allemagne, M. Leibowitz a bénéficié de la part des autorités du Bade-Wurtemberg et après accord du gouvernement français, d'une remise de peine sous réserve qu'il se soumette à un contrôle judiciaire exercé par le tribunal d'instance de Grenoble.

Pour la location de la villa, une caution de trois mois avait été demandée au ministère français de la Justice, ce qui paraît-il est courant dans ce genre de situation. Elle a été correctement versée. Malheureusement M. Leibowitz a quitté la villa sans nous prévenir, laissant plusieurs mois de loyers impayés. Nous déplorons cette attitude, croyez-le bien. Je souhaite qu'il vous soit possible de retrouver M. Leibowitz. Dans cette hypothèse, il me serait utile de récupérer ce qui m'est dû.

Sentiments distingués.

André Vignon

Rome, 14 septembre

J'ai commencé aujourd'hui à donner des cours d'histoire au lycée français. C'est la première fois que j'enseigne. C'est drôle, non ? Mettre un remplaçant, comme ça, devant des élèves et puis dire, allez, débrouillez-vous ! C'est Ignatio qui m'a aidée à avoir cette place. Je fais quatre heures par semaine. Une classe de terminale.

Heureusement, il y a le cinéma. J'ai vu presque tout, ces temps-ci : Rossellini, Fellini, Bertolucci, Visconti, etc. Le cinéma italien est à l'image d'un peuple qui a inventé le bonheur, la lumière, la légèreté de l'amour... Je regrette d'avoir mis si longtemps à le connaître.

Rome, 15 septembre 92

Donc, il a bien été à Grenoble en sortant de prison ! C'est ça le plus important. Nous avons ajouté un petit maillon de quelques semaines à la trace qui s'était effacée. Et maintenant ?

Ignatio me dit qu'il y avait certainement un juge chargé de l'application du contrôle judiciaire. Ce juge ne pouvait pas ignorer alors le domicile exact de Simon !

Grenoble, 11 octobre 1992

Ça y est. Nous avons obtenu le rendez-vous. C'est plus difficile de trouver un juge qu'un ancien détenu en cavale... Mais ça y est... Ce soir à 18 heures, nous avons rendez-vous au palais de Justice ! Il aura fallu pour cela plusieurs lettres, des coups de téléphone, la description de ma recherche... Description suffisamment émouvante pour faire fléchir les vieux cartons mouillés de l'institution judiciaire. Le juge Pinelli va nous recevoir. Dominique Pinelli : notre dernier recours. Il faut faire vite car je dois retourner après-demain à Rome pour mes cours.

Ignatio est formidable. Il a la science des castors. Il accumule les dates, les témoignages, les photos, les bouts d'indices, les brindilles pour faire barrage à l'oubli. Il veut même emporter discrètement ce soir un magnétophone pour enregistrer le juge à son insu !

Nous avons parlé longuement hier en arrivant à l'hôtel. Chacun dans notre rêve, côte à côte, comme des gosses qui s'étonnent d'avoir eu peur de la nuit.

Cette fuite de Simon, qu'est-ce que c'est

exactement ? Aurait-il accompli ce meurtre, comme une lassitude devant son passé ? Une sorte de fatigue à laquelle on s'abandonne. Ou bien, au contraire, serait-ce un acte qui aurait été, à lui seul, la réponse d'un enfant vieilli à la guerre de ses aînés ? Une action décalée, ressassée au fil des ans, amassant peu à peu, comme une inlassable récolte, la haine qui l'a provoquée ?

Qu'a-t-il fait pendant les vingt ans qui ont suivi sa rencontre avec Selna ? Les vingt premières années de ma vie ! Je n'ai aucun signe tangible de son existence. Un trou noir. D'autres femmes ? Sans doute. Des romans ? Peut-être, sous pseudonymes. Des voyages ? Mon père c'est un dauphin. Il sort de l'eau puis replonge. On le retrouve au loin, longtemps après... Sa spécialité c'est la disparition...

Lorsque je fais cette comparaison devant Ignatio, il sourit. « Tu as raison, dit-il. Il se débattait dans un long conflit avec lui-même, jamais résolu. Il doit exister, chez quelqu'un comme lui, une fascination des profondeurs qui se confronte encore au bruit de la vie, mais d'une autre manière. Ce monde, pour être différent du nôtre, a néanmoins ses mouvements, sa sauvagerie... Mais cela doit être plus lent, plus sombre et probablement plus proche de l'origine même de la vie que tout ce qui se passe à la surface. Dans ces endroits-là, où l'homme n'est jamais allé vraiment, on doit s'approcher du temps dans ce qu'il a de primordial, de fondateur. Dans le mutisme de Simon, il doit y avoir ce désir-là. »

12 octobre 92

J'écris dans le train qui nous ramène à Rome. Il était tout petit, le juge, minuscule ! Plus petit que les dossiers qui s'empilaient autour de lui. Une sorte de fouine nasillarde et myope. Mais d'une gentillesse incroyable. Il a compris ce que je voulais. Et il a aimé mon père ! Il maîtrise tout : les dates, les lieux, les personnes. Même le silence de Simon ! Il a été passionné, nous dit-il, par ce dossier. Sa voix aigrelette traverse le papier qui l'entoure, les vieilles armoires en fer. Il explique, démontre, s'enthousiasme parfois, lève ses petites mains au-dessus de la tête, parfois elles se caressent l'une l'autre, ou s'emparent d'un crayon pour souligner une démonstration... C'est un volubile, le juge Pinelli. Demain, je vais décrypter le magnétophone d'Ignatio.

Rome, 13 octobre 92

Voix d'Ignatio : « Palais de Justice de Grenoble, 12 octobre 92, dix-huit heures. »

Voix du juge (extraits) : « Il faut que vous sachiez tout d'abord, chère mademoiselle, que ce dont nous allons parler, c'est une question – comment dirais je – un peu particulière... (Accent corse prononcé...)

Le gouvernement français a été très sensibilisé à cette affaire et peut-être l'avez-vous su, les médias aussi, les anciens combattants, les partis politiques... Nous sommes là devant quelque chose d'extrêmement délicat... Pour les deux pays, vous comprenez...

Heureusement tout cela s'apaise aujourd'hui et nous allons pouvoir vous donner satisfaction. Je sais où est votre père et je vais vous en informer dans un instant. (Je me souviens qu'il se taisait et nous regardait avec une sorte de gourmandise !)

Permettez-moi d'abord de vous dire que nous avons suivi une procédure – comment dirais-je – exceptionnelle. De bout en bout elle a été suivie par la chancellerie. Moi-même j'ai travaillé en étroite collaboration avec le procureur de la République de Grenoble.

Il y a eu tout d'abord un accord avec le gouvernement allemand. Nous avons négocié une réduction de peine pour Simon Leibowitz en échange d'une procédure de contrôle judiciaire en France. Ce n'est pas – comment dirais-je – très orthodoxe, c'est un peu du troc, mais nous avons mis cela en place dans un dialogue permanent entre les deux ministres de la Justice. Il faut dire que la conduite exemplaire de votre père en prison nous a facilité les choses... J'ajoute aussi qu'en Allemagne le débat a complètement cessé à partir du moment où le mur de Berlin s'est effondré. Notre petite histoire a été – comment dirais-je – absorbée par la grande. La justice devrait être indifférente à tout cela, mais vous allez constater qu'elle ne l'est pas totalement. Nous sommes aussi des citoyens, voyez-vous...

J'ai été pris – comment dirais-je – d'une réelle sympathie pour votre père. Il a accepté, par écrit, un certain nombre d'engagements qu'il a jusqu'à présent respectés. Les engagements sont simples, ce sont ceux de l'article 138 du Code de procédure pénale français : ne pas s'absenter de la résidence qui a été fixée par le juge, ne pas se rendre en certains lieux, l'Allemagne évidemment, informer le juge de tout déplacement au-delà des limites déterminées, répondre aux convocations, etc. Je vous passe les détails. Jusqu'à présent votre père a tout respecté. C'est pourquoi je vais prendre dans les jours qui viennent une ordonnance pour mettre fin à ce contrôle judiciaire.

Mais j'ajoute un dernier point qui n'est pas le moindre. Votre père, informé de ma prochaine décision, m'a demandé par écrit de s'installer en Italie. Après accord du procureur de la République et information du gouvernement italien, nous avons accédé à sa demande. Il habite désormais dans les

Abruzzes. Il est parti un peu plus tôt que prévu... mais enfin... Voici son adresse.

Je souhaite de tout cœur, mademoiselle, que vous puissiez désormais avoir avec votre père des relations confiantes et qu'il vous soit possible de l'aider à retrouver la parole. De mon côté, je vous tiendrai informée de toutes les évolutions de ce dossier s'il y en a. Mon sentiment, c'est qu'il n'y en aura pas... »

C'est ainsi que s'est terminée – il était près de vingt heures – la rencontre avec le juge. Je ne mentionne pas ses réflexions sur la guerre (son père était officier, prisonnier en Allemagne, puis évadé...), ses méditations philosophiques sur l'Europe, l'esprit de revanche, la psychologie, etc.

Nous sortons, sans rien dire, Ignatio et moi, du palais de Justice. Et sur le perron majestueux, dans l'avenue qui s'ouvre devant nous, contenant avec difficulté notre émotion, nous nous embrassons en tournant sur nous-mêmes, brandissant comme un trophée le petit bout de papier sur lequel figure le seul endroit du monde où j'ai aujourd'hui envie d'aller, l'adresse de Monsieur Leibowitz, mon papa.

Visiblement, le juge n'était pas informé que le papa en question avait laissé, en partant d'Echirolles, une petite dette !

Ainsi en quelques mois, j'aurai changé de nom, de passé, de futur et même de République ! J'ai trois ou quatre patries et la plus importante est sans doute là-haut, dans les Apennins, au cœur des Abruzzes. Je suis désormais Mademoiselle Livia Leibowitz, un peu juive, un peu française, un peu polonaise et... complètement italienne !

Ignatio se moque de moi : « Reviens un peu sur terre. Je connais bien les Abruzzes. Ce village qui nous a été indiqué, il faut des heures pour y aller. Et tu as tes cours ! Je ne sais pas comment nous allons faire... »

Rome, 16 octobre 92

Je vais être virée du lycée français, mais tant pis, Simon est encore vivant ! Nous partons tout à l'heure vers Opi, un petit village perché dans le parc national des Abruzzes. Il faudra ensuite monter vers les refuges aux pieds de la

« Meta » qui culmine à plus de deux mille mètres. Là, près d'un col qui s'appelle Forca d'Acero devrait se trouver la bergerie où Simon, d'après le juge, se serait établi. Un des gardes forestiers du parc national nous attend au col. Nous prendrons avec lui la direction de la « Passo del Diavolo », la passe du diable !

Tout cela a été négocié par Ignatio et j'admire sa façon toujours ingénieuse de trouver les arguments qui peuvent nous servir. Hier, il est allé une nouvelle fois demander de l'argent à son ami qui semble ne pas en manquer. Il sait très bien qui nous cherchons...

Au long du voyage, Ignatio a chanté un couplet de *Bella ciao* que je n'ai pas beaucoup aimé :

« *Mi seppellirai lassu in montagna*
O bella ciao, o bella ciao,
O bella ciao, ciao, ciao,
Mi seppellirai lassu in montagna
Sotto l'ombra di un bel flor. »

(Tu m'enterreras là-haut sur la montagne, oh belle salut, sous l'ombre d'une belle fleur.)

En arrivant au col nous avons laissé la petite Fiat, à bout de souffle, et nous sommes montés dans un véhicule appartenant au parc national.

Le garde forestier m'ignore superbement. Il se tourne vers Ignatio, assis à côté de lui : « Je ne sais pas ce que vous lui voulez exactement à ce type. Mais c'est un drôle de bonhomme. Il ne dit jamais rien. Il a réussi à s'arranger avec un berger, je ne sais pas comment, et il donne un coup de main pour porter des sacs de sel, pour retaper la bergerie, pour nettoyer, chercher du bois... Il s'est mis à l'écart, vous voyez là-haut, c'est la plus haute. On la voit à peine d'ici. Plus personne n'y allait à celle-là. Mais ils étaient très forts les anciens. Dedans, vous entendez le vent mais il ne rentre pas.

Ça fait trois semaines, à peu près, qu'il est arrivé, juste quand on a descendu les bêtes. Il a pris un mulet, en bas, pour transporter ses affaires. « Oh, il n'avait pas grand-chose. Des couvertures et des livres », m'a dit le berger.

« Des cigarettes aussi. Et depuis trois semaines, vous savez ce qu'il fait, le soir ? Il va sur les traces des loups. Nous avons une meute ici, depuis toujours. Et puis des solitaires, des vieux... Le loup des Apennins, c'est une belle bête. A cette époque la fourrure change. Ils se déplacent. Quand il commence à pleuvoir, on peut suivre leurs traces. Votre type passe des heures à les observer avant la tombée de la nuit. Je suis sûre que les loups l'ont repéré. Mais vous savez, c'est immense ici. Ils ont leur territoire. Le vieux le plus proche, il est là-bas, près de la falaise. Il a été chassé par les jeunes. C'est comme ça avec les loups. Ils se battent et celui qui est le plus vieux s'en va. Il ne peut plus avoir de femelle, vous comprenez...

Votre gars, je ne sais pas qui c'est. Nous, on a des spécialistes du loup, en bas. Des savants. Lui, il n'a rien demandé à personne. Il ne dit rien, ne parle jamais. Et il observe les loups. Allez savoir... S'il passe l'hiver ici, il va souffrir. C'est dur, vous savez. Il y a parfois de vraies tempêtes de neige. Plusieurs jours. Mais il a l'air solide, le gars. Et puis le berger, en dessous, c'est pas un bavard non plus. Il monte chaque semaine. Même en hiver. »

Nous avons quitté la jeep. Le guide nous reprendra avant la tombée de la nuit. Il insiste beaucoup. « Après vous serez perdu, dit-il. Vous voyez, c'est là-haut. » On ne peut continuer qu'à pied.

Le silence

Je marche en songeant à tout ce temps qui s'est écoulé de moi comme d'une faille. Mon enthousiasme a disparu. Je n'ai plus de désir.

Pendant l'ascension il devient difficile pour nous de respirer. Nous ne parlons plus. Le froid vient par rafales sur nos visages. Il reste une dernière étape : cette rencontre à venir, dont je devine qu'elle ne sera pas désirée.

J'ai approché, j'ai aimé l'ombre de cet homme qui m'a engendrée. Un court moment je m'en suis approchée. J'avais cru qu'il m'appartenait... je l'ai ramené un instant vers la vie, vers les mots qu'il écrivait pour moi contre toute attente. Maintenant je n'ai plus rien à savoir.

C'est la fin de mon journal. Le reste n'appartient pas à l'écriture. A autre chose peut-être qui ne serait pas du même domaine. Traces de loups, traces de lettres... elles s'effaceront de la même manière.

Ignatio a voulu écrire quelques mots dans mon journal. Je ne sais plus si c'est le mien ou un récit qui se serait écrit en moi, sans que je le veuille. Un livre où les voix et les couleurs, la mort et la neige se seraient mêlées jusqu'à ce que le silence vienne. C'est Ignatio désormais qui a les lettres de Simon, les photos... Lui seul détient maintenant la preuve d'une vie si mal aimée.

Ignatio :

Nous l'avons vu de loin. Une silhouette sur la crête touchée déjà par les nuages de l'automne, la pluie. Parfois la silhouette disparaissait, le nuage passait.

Il marchait contre le vent, enveloppé d'un grand manteau noir. Le jour tombait. Il fallait redescendre. En bas, sur le sentier, la grosse jeep du parc semblait minuscule.

Nous nous sommes arrêtés. Je crois qu'il nous avait vus. Livia tremblait. Elle a murmuré des mots que je n'ai pas compris. Est-ce que c'était la pluie ? Son visage était mouillé, ses cheveux défaits. Elle s'est retournée vers la vallée, a fait quelques mètres en descendant et puis elle m'a dit : « Viens. C'est si dur la fuite. »

A Rome, nous n'avons plus jamais parlé de Simon.

Cet ouvrage a été imprimé par

FIRMIN DIDOT

GROUPE CPI

Mesnil-sur-l'Estrée

pour le compte des Éditions Grasset
en décembre 2006

Composition et mise en page

Imprimé en France
Dépôt légal : décembre 2006
N° d'édition : 14648 - N° d'impression : 82630